10
Author
하야켄
Illustrator
Nagu
"미, 믿기지 않아…….
나한테 특급 마인이 생기다니……."
레오네는 자신의 손등에
새겨진 특급 마인을
멍한 표정으로 바라보았다.

라피니아
(라니)
Rafinha
잉그리스의 소꿉친구이자
기사를 목표로 수행 중인 소녀.
자신의 정의감과 현실의 갭 사이에서 고
민하는 나날을 보내고 있다.
리제롯테
Liselotte
품위를 갖춘 기사학과 소속의 공작 영애.
하이랜드를 방문하여
뜻밖의 적성을 발견한다.

잉그리스
(크리스)
Inglis
먼 미래에 미소녀로 전생한 영웅왕.
마인무구의 영향으로 어린아이가 되어버렸다!
레오네
Leone
배신자 레온을 오라버니로
둔 기사학과의 소녀.
잉그리스 일행과 함께
하이랜드를 방문한다.

"리제롯테……?!
우리를 못 알아보는 거야?"
"리제롯테! 어떻게 된 거야?!
대답해 줘! 리제롯테!"
리제롯테를 향해 외치면서 잉그리스는 위화감을 느꼈다.
리제롯테의 기척이 평소와는 확연하게 달랐다.
이 강렬한 존재감은 평범한 기사 아카데미 학생의 수준이 아니었다.

10
영웅왕,
극한의 무를 위해 전생하다
그리고 세계 최강의 견습기사가 되다 ♀
Author 하야켄
Illustrator Nagu
Eiyu-oh,
Bu wo Kiwame
tame Tensei su
Soshite,
Sekai Saikyou
no Minarai Kisi ♀
S NOVEL+

커버 그림, 본문 일러스트 | Nagu

Eiyu-oh,
Bu wo Kiwameru tame
Tensei su.
Soshite, Sekai Saikyou no
Minarai Kisi "♀".

CONTENTS

시야 한가득 파랗고 투명한 하늘이 펼쳐져 있었다.

그리고 고개를 밑으로 내리면 보이는 것은 마찬가지로 파란색 풍경.

다만 그 파란색은 하늘이 아닌 드넓은 바다의 색이었다.

왕도 카이랄에서 출발한 잉그리스 일행은 카랄리아 영토를 벗어나 바다 위를 날고 있었다.

하이랜드의 삼대공파 중 하나이자, 세오도어 특사와 세이린의 아버지라는 기공을 만나러 가기 위해서였다.

얼마 전 무공 질드그리버와의 맞선 겸 대련으로 하이랄 메나스인 에리스가 손상되고 말았고, 그녀를 고치려면 하이랜드의 기술자가 필요했다.

또한 그 기술자에게 린을 원래대로 되돌릴 방법도 슬쩍 물어볼 예정이었다.

하지만 잉그리스가 원하는 건 그뿐만이 아니었다. 하이랜드의 방어 시설이나 살육 병기가 폭주해서 습격해 오기를 내심 기대하고 있었다.

무공 질드그리버는 강대한 무력으로 잉그리스와 대련해 주었다.

그렇다면 기공도 우수한 기술력으로 잉그리스와 대련해 줄 수 있지 않을까.

"음~! 새파란 하늘과 바다를 보니까 가슴이 탁 트이는 기분이야! 이렇게 세상이 온통 파란색으로 뒤덮인 건 처음 봐! 안 그래, 크리스?"

라피니아는 하이랜드에서 마중 나온 공중전함의 갑판 위에서 기지개를 켜고 있었다.

"맞아, 라니."

잉그리스는 미소를 지으며 라피니아에게 대답했다.

전생에서도 이런 경험을 하기는 쉽지 않았다. 확실히 인상적인 풍경이었다.

"저도 동감이에요. 아름다운 광경이네요."

리제롯테도 고개를 끄덕였다.

"응. 참 아름다운 광경이기는 한데……."

레오네가 잉그리스를 흘끔 쳐다보며 말꼬리를 흐렸다.

무언가 하고 싶은 말이 있는 모양이었다.

"……그냥 무시해. 신경 쓰면 지는 거야."

레오네의 생각을 알아챈 에리스가 말했다.

현재 에리스와 레오네, 리제롯테, 라피니아는 공중전함에 들여온 스타 프린세스호에 탑승한 상태였다.

그리고 잉그리스는 그 스타 프린세스호를 짊어지고 스쿼트를 하는 중이었다. 라피니아와 담소를 나누면서.

남는 시간을 이용한 기초 훈련이었다.

늘 있는 일이기는 하지만, 문제는 잉그리스가 아직 대여섯 살의 어린애 모습이라는 점이었다. 아무래도 당황스러울 수밖에 없었다.

"그나저나 얼른 도착했으면 좋겠다. 벌써 며칠이나 지났잖아. 저기요, 빌마 씨! 이제 조금 남았다고 들었는데, 언제쯤 도착하게 될까요? 몇 시? 몇 분? 무슨 요일?"

라피니아는 근처에 있는 하이랜드의 기사에게 물었다.

금발을 지닌 아름다운 여성이었다. 이마에는 하이랜더임을 뜻하는 성흔이 새겨져 있었다.

머리카락의 길이는 어깨에 닿는 정도로, 여성치고는 짧은 편에 속했다.

그래서인지 전반적으로 늠름한 인상을 받을 수 있었다.

나이는 에리스보다 조금 어려 보이고, 잉그리스보다는 조금 더 많아 보였다. 다만, 하이랄 메나스와 하이랜더는 겉모습과 나이가 일치하지 않기 때문에 실제로 몇 살인지는 불명이었다.

또한, 얼굴 이외의 모든 부위를 가리는 칠흑의 전신 갑옷을 착용하고 있었다. 언제든지 전쟁 수행이 가능한 중무장이었다.

그리고 그녀가 바로 이 하이랜드의 공중전함을 이끄는 대장이었다.

세오도어 특사는 카랄리아에 특사로 남아있어야 하기 때문에 동행할 수가 없었다. 그래서 빌마를 불러 잉그리스 일행을 마중 나오도록 한 것이다.

웬만하면 대화가 통하는 인물이라고 생각하고 싶었다.

"……."
하지만 빌마는 입을 꾹 다문 채 라피니아의 말을 무시했다.
"빌마 씨! 빌마 씨! 제 말이 안 들리나요?!"
"……시끄럽다. 함부로 말 걸지 마라."
빌마는 라피니아를 차갑게 흘겨보더니 말했다.
"너무해~. 하지만 하이랜드에 도착한 뒤에도 빌마 씨가 우리를 안내해 주실 거잖아요? 어차피 한동안 함께할 사이인데 친하게 지내요……!"
라피니아는 이번 문화 교류에 적극적으로 임할 생각인 모양이었다.
빌마도 태도가 퉁명스럽기는 했지만, 이쪽을 깔보거나 비웃지는 않았다. 이 정도면 하이랜더치고는 우호적인 편이었다.
그렇기 때문에 라피니아가 적극적으로 들이대는 것이긴 하지만.
"…………."
"아앗, 또 무시했다! 너무해요, 빌마 씨! 나빴어!"
"시끄럽다……! 나쁜 게 어느 쪽이지……?! 어린애를 이토록 혹사시키다니……! 불쌍해서 못 봐주겠군. 지상인은 다들 이렇게 야만스러운 자들인가……?!"
빌마는 라피니아와 스타 프린세스호, 그리고 그 밑의 잉그리스를 차례대로 쳐다보면서 분개했다.
아무래도 빌마의 눈에는 이것이 일종의 고문으로 보였던 모양이다.

단순히 기초 훈련일 뿐이건만.

"아녜요! 이런 짓을 하는 건 지상에서도 크리스뿐이에요……! 크리스가 더 무겁게 해달라고 말해서 협력해 줬을 뿐인데……!"

"확실히 보기에 좋은 광경은 아니지……."

에리스가 한숨을 푸욱 내쉬었다.

"빌마 씨도 위에 타실래요? 그러면 괜찮은지 아닌지 확인하실 수 있을 거예요. 저도 더욱 강도 높은 훈련을 할 수 있고요."

빌마가 입은 갑옷은 꽤나 무거워 보였다. 무게를 더할 수 있다면 환영이었다.

"그, 그런 악마 같은 짓을 하고 싶지는 않다……!"

거절당하고 말았다.

"그러면 대답해 주세요~. 하이랜드에 도착하려면 앞으로 얼마나 걸리나요?"

"거의 다 왔다. 합류 예정 지점은 바로 위쪽이지. 이제……."

그 순간, 빌마의 말이 잠시 끊어졌다.

공중전함이 두꺼운 구름 속으로 파고들며 시야가 하얗게 뒤덮였기 때문이다.

"이 구름만 통과하면 목적지가 보일 거다."

"우와……! 드디어 도착이구나. 어떤 곳일까……!"

"응, 라니. 기대되네. 얼마나 대단한 파괴 병기가 공격해 올까……! 기공님의 본거지니까 무공인 지르 님네보다 엄청날 거야, 분명……!"

"전쟁하러 가는 거 아니거든……?! 그보다 하이랜드의 음식이랑 디저트, 그리고 어떤 옷이 유행하는지가 궁금해!"

"놀러 가는 것도 아니다……!"

빌마가 라피니아를 나무란 그때, 안개가 걷히듯 시야가 확 밝아졌다.

공중전함이 구름의 벽을 뚫고 상공으로 진입한 것이다.

"뭐, 됐어. 저곳이 우리 기공님의 본거지, 일루미너스 섬이다. 지상의 인간이 이 모습을 보게 되다니. 영광인 줄 알아라……!"

빌마가 행선지를 가리키며 자랑스럽게 이야기했다.

하지만 빌마가 가리킨 곳에는 푸른 하늘만이 있을 뿐이었다.

"어……? 하지만 빌마 씨, 아무것도 없는걸요……?"

"훗, 이래서 지상인들이란……."

빌마가 득의양양한 표정을 지었다.

"네?"

"광학 미채다. 일루미너스 섬은 하늘에 녹아들어 모습을 감출 수 있지. 교주련조차 능가하는 하이랜드 굴지의 기술력을 갖췄기에 가능한 일이다."

"와아아……! 굉장해……!"

"겉보기에는 비어있는 공간처럼 보이는데 말이죠……. 대단해요……."

"그러게. 역시 지상과는 하나부터 열까지 다 다른걸."

라피니아뿐만 아니라 리제롯테와 레오네도 감탄하는 중이었다.

도착도 하기 전부터 하이랜드의 기술력을 실감할 수 있었다.

"……에리스 씨, 마나의 흐름이 느껴지나요?"

"응? 아니. 딱히 이상한 점은 없는데?"

"그럴지도 모르지만 너무 고요해서요……. 빌마 씨. 정말로 저곳이 하이랜드가 맞나요?"

"무슨 바보 같은 소리를. 목적지는 저곳이 맞다. 내가 너희를 속이기라도 했다는 건가? 뭘 위해서?"

"아뇨, 그런 뜻은 아니에요. 혹시 불의의 사고가 일어난 건가 하고……."

잉그리스가 말했다. 그런데 그때, 한 하이랜드 병사가 빌마에게 보고해 왔다.

병사는 빌마와 달리 투구를 착용하고 있어 얼굴이 보이지 않았다.

"보고드립니다. 일루미너스와의 통신이 두절되었습니다."

"뭐……?! 하지만 눈앞에 일루미너스 섬이……!"

"미채 마법의 반응이 없습니다."

"뭐라고! 정말로 빈 공간이었다는 건가……?! 그렇다면 도대체 어디로……."

첨버어어어어어어엉!

엄청난 소리가 하늘을 진동시켰다. 물보라가 일어날 때 나는 소리였다.

이 높은 하늘까지 물방울이 튀어 오른 듯한 착각이 들 정도였다.

"뭐, 뭐지……?! 바다에 뭔가가 떨어졌나 봐……!"

"저쪽이에요……! 오른쪽에서 들려왔어요!"

"방금 저 멀리서 물기둥이 솟아오르는 게 보였어, 구름 사이로……!"

"……정황상 하이랜드에 무슨 이변이 발생한 모양이네."

에리스가 심각한 표정으로 말했다.

"하이랜드의 총본산 중 하나라고 할 수 있는 장소에 이변이 발생했다라……. 살육 병기가 폭주했거나, 강대한 마석수에게 습격당했거나, 아니면 혈철쇄 여단 혹은 교주련이 공격해 온 걸지도 모르겠군요. 뭐가 됐든 심상치 않은 일인 건 분명해요."

"……그건 네 얼굴도 마찬가지야. 에휴."

에리스가 깊은 한숨을 내쉬었다.

잉그리스의 순진한 눈동자가 마치 보석처럼 반짝반짝 빛나고 있었기 때문이다.

"누가 보면 생일 케이크를 눈앞에 둔 어린애인 줄 알겠네……."

라피니아도 스타 프린세스호 밑을 내려다보며 한숨을 내쉬었다.

"겉모습은 작아졌을지 몰라도 내용물은 그대로니까요……."

"아니. 내용물이 대여섯 살이라도 분명 똑같이 반응했을걸? 크리스는 옛날부터 이랬거든."

"빈틈이 없구나……."

레오네가 쓴웃음을 지었다.

"소리가 들려온 방향으로 기수를 돌려라! 상황을 파악하러 간다! 일루미너스 섬에 문제가 발생했을지도 모른다!"

빌마가 주위의 기사와 병사들에게 지시를 내렸다.

"빌마 씨, 저희는 먼저 가서 정찰을 하고 올게요!"

잉그리스 그렇게 선언하더니 스타 프린세스호를 번쩍 들어 올린 채로 달려나갔다.

"앗……! 이봐, 독단적인 행동은……!"

"협력해 드리려는 거예요! 에리스 씨를 고치지 못하면 저희가 곤란하든요."

그리고 잉그리스는 환하게 웃으며 공중전함의 갑판에서 뛰어내렸다.

물론, 스타 프린세스호에 타고 있는 다른 일행들과 함께.

""꺄아아아아아아아악?!""

아직 엔진을 켜지 않은 상태였기에 스타 프린세스호는 엄청난 기세로 낙하했다. 비명을 내지르는 게 당연했다.

"아, 라니. 조종 잘 부탁해."

"알았으니까 뛰어내리기 전에 말해! 식겁했잖아!"

라피니아는 조종간을 붙잡아 스타 프린세스호를 기동시켰다.

그러자 수직으로 낙하하던 기체가 부력을 되찾고 공중에 멈추었다.

“미안, 미안. 기다릴 수가 없었거든.”

잉그리스도 공중제비를 넘어 기체에 올라탔다.

다만, 다섯 명이나 탑승한 탓에 자리가 없어서 비좁았다.

“사람이 많아서 갑갑해……!”

라피니아가 말했다.

“그, 그러게……!”

“그러면 저는 내릴게요!”

리제롯테가 마인무구를 발동시켜 순백의 날개를 만들어냈다.

그대로 날아오른 리제롯테는 기체의 가장자리를 붙잡고 나란히 비행하기 시작했다. 뒤쪽에서는 빌마의 공중전함이 뒤따르고 있었다.

라피니아는 스타 프린세스호의 고도를 낮추면서 우측으로 나아갔다. 그러자 커다란 섬이 시야에 들어왔다.

“저건……!”

절해의 고도라는 표현이 어울리는 섬이었다. 하지만 건물과 시설물의 형태가 지상에서 보던 것과는 크게 달랐다.

대부분의 건물들이 상자처럼 네모난 모양을 하고 있었는데, 건물 외벽에 마인무구를 연상시키는 문양이 새겨져 있었다.

각각의 건물들이 하나의 마인무구라고 봐도 무방할 것이다.

“평범한 섬이 아니야……! 하이랜드가 분명해.”

에리스가 모두에게 말했다.

“저곳이 하이랜드……!”

"그러면 방금 그건 하이랜드가 바다에 떨어지는 소리였던 거야……?!"

라피니아와 레오네가 외쳤다.

"용케도 가라앉지 않고 떠있네……!"

"그래. 저것도 하이랜드의 기술력 덕분일 거야……. 하지만 무언가 예기치 못한 사태가 벌어진 건 확실해……!"

에리스의 말대로였다.

원래는 상공에서 합류할 예정이었던 하이랜드가 수상에 불시착한 것이다.

"에리스 씨, 저걸 보세요……!"

잉그리스가 바다를 가리키며 외쳤다. 그곳에는 바닷속을 가로지르는 물고기 떼가 보였다.

물고기의 크기는 한 마리, 한 마리가 인간의 곱절에 달했다. 그런 물고기 수십 마리가 일제히 하이랜드로 질주하고 있었던 것이다.

결코 자연적인 움직임이 아니었다. 의도와 목적이 느껴졌다.

"저건……! 하이랜드로 향하고 있어……!"

바로 그때, 바닷속의 물고기 중 한 마리가 해수면 위로 뛰어올라 모습을 드러냈다.

물고기의 피부는 딱딱하게 경질화되어 있었으며, 온몸에는 보석처럼 빛나는 덩어리가 박혀있었다.

두 눈은 광폭하게 번들거렸고, 이마에 솟아난 뿔에는 톱처럼 날카로운 가시가 빼곡하게 달려 있었다.
"……마석수! 하이랜드를 습격할 작정이야……!"
"오오……! 반가운 소식이네요……!"
상당한 덩치와 규모를 자랑하는 무리였다. 싸우는 맛이 있어 보였다.
하이랜드가 불시착한 원인이 저 마석수들인지는 아직 불명이지만, 어쨌든 여러 가지 의미로 신선한 적이었다.
"에리스 씨, 하이랜드 쪽에서도 무언가가 모습을 드러냈어요!"
레오네의 말대로 하이랜드 쪽에서 커다란 그림자가 뛰쳐나왔다.
"저건……! 설마 용?!"
라피니아가 외쳤다. 라피니아가 언급한 용이란 신룡 후페일베인을 뜻하는 말이지만, 설령 후페일베인이 아니더라도 용임에는 분명했다. 그것도 살아있는 용이 아닌, 플라이 기어처럼 온몸이 기계화된 용이었다.
"오오오……! 저건…… 기신룡인 걸까……?!"
이전에 잉그리스는 기신룡으로 변한 후페일베인을 눈앞에 둔 적이 있었다. 하지만 기신룡의 의식을 지배한 아크로드 이벨이 그대로 돌아가 버리는 바람에 싸움이 성사되지 못했다.
이곳에서 그 기신룡과 싸울 수 있다면 바라던 바였다.
후페일베인보다는 조금 작아 보였지만, 숫자가 많으니 상대하기에 부족함은 없었다.

“아니, 저건 기계룡이야……! 살아있는 용을 개조한 하이랜드의 방어 병기지……!”

“기신룡의 새끼 같은 거라고 생각하면 되나요?”

즉, 신룡을 소체로 삼으면 기신룡이고, 평범한 용을 소체로 삼으면 기계룡이 되는 모양이었다.

“뭐, 괜찮지 않을까. 나는 기신룡을 본 적이 없지만…….”

“아무래도 기계룡들은 마석수를 영격하러 나온 것 같아요.”

“정황상 맞을 거야.”

“어떻게 그런 아까운 짓을……이 아니라! 기계룡 부대의 손해를 줄이기 위해서 저희도 합류하죠!”

“결국 크리스는 자기가 싸우고 싶을 뿐이잖아……!”

“지르 님하고 싸운 뒤로 한동안 실전을 치를 기회가 없었거든……!”

그래서 방금처럼 훈련에 열중하고 있었던 것이다. 하지만 역시 실전을 뛰어넘는 훈련은 존재하지 않았다.

이렇게 대화를 나누는 동안에도 무공 질드그리버는 계속해서 강해지고 있을 것이다.

언젠가 성사될 재대결에서 뒤처지지 않도록 조금이라도 더 성장해 둬야 했다.

잉그리스의 목표는 하이랄 메나스에게 의지하지 않고 승리를 거머쥐는 것.

목표는 항상 높게 잡아야 했다. 잉그리스는 자신의 힘으로 하이 에테르의 문을 열어젖힐 생각이었다.

"말리진 않겠지만 의욕이 지나쳐서 기계룡까지 파괴하면 안 된다? 문제가 될 거야."

에리스가 잉그리스에게 주의를 주었다.

"잘하면 마석수와 기계룡이 부딪치는 지점으로 파고들 수 있겠어!"

"우리가 기계룡의 공격에 휘말리면 어쩌죠……!"

"걱정 마, 레오네, 리제롯테. 우리가 먼저 도착할 테니까……!"

"……! 크리스, 가속 모드를 켜자고?"

스타 프린세스호에는 평소 속도보다 압도적으로 빨라지는 가속 모드가 탑재되어 있었다. 지속 시간은 길지 않지만.

라피니아는 그 기능을 발동시킬지 물어본 것이다.

"됐어, 그건 한 번 사용하면 한동안 못 쓰잖아. 온존해 둬!"

비장의 수는 여차할 때를 대비해서 남겨두는 편이 좋았다.

무엇보다 지금은 시험해 보고 싶은 기술이 있었다.

잉그리스는 플라이 기어의 선수로 뛰어올라 정신을 집중시켰다.

"드래곤 로어……!"

두 팔을 몸 앞에 교차한 잉그리스는 손끝으로 양쪽 어깨를 터치했다. 그리고 손끝을 움직여 양팔에서 가슴, 허리에서 다리 순서로 드래곤 로어를 침투시켜 나갔다.

동시에 에테르를 마나로 변환하여 온몸에 두르기 시작했다.

얼음의 실체화 마법을 응용한 기술이었다. 차가운 기운을 띤 마나가 갑옷의 형태를 이루어 나갔다.

이 갑옷은 칼리아스 국왕이 소지하고 있었던 마인무구, 드래곤 클로의 흐름을 관찰해 모방한 것이다.

드래곤 클로는 상급 마인무구를 뛰어넘은 최상급 마인무구다. 라파엘에게 수여된 드래곤 팽과 쌍벽을 이루는 물건이었다.

그 마나의 흐름이 잉그리스의 드래곤 로어와 완전히 동화하며 변이가 일어났다.

마나와 드래곤 로어의 융합. 용마법이었다.

그리하여 평범한 얼음의 갑옷이 아닌, 드래곤 클로를 전개했을 때와 흡사한 푸른 빛의 갑옷이 현현하는 것이다.

그워어어어……!

드래곤 로어가 짙게 내포된 갑옷은 소환되기가 무섭게 커다란 용의 포효를 터트렸다.

"푸른색의 용 갑옷……!"

"그, 그게 대체 뭔가요, 잉그리스……?!"

레오네와 리제롯테가 화들짝 놀라서 외쳤다.

"드래곤 로어를 응용한 기술이야. 이름을 붙이자면 빙룡 갑옷 쯤 될까……? 로슈폴 선생님이 국왕 폐하께 받은 드래곤 클로를 관찰해서 개발했어."

갑옷으로서 방어력은 당연히 갖추고 있었고, 전신을 뒤덮은 기운이 신체 능력까지 상승시켜 주었다. 다만 드래곤 클로의 비행 능력은 너무 복잡해서 재현하지 못했다.

어쨌든 이 갑옷을 한마디로 설명하면 약한 에테르 셸이라고 할 수 있었다.

하지만 약하다고 해도 어디까지나 에테르에 비해서 약할 뿐, 충분히 강력한 기술이었다. 무엇보다도 이 기술은 에테르 셸과 병용이 가능했다.

에테르 셸과 빙룡 갑옷의 시너지 효과는 잉그리스를 더욱 강한 경지로 이끌어 줄 것이다.

"뭐, 뭐……? 드래곤 클로라면 국보급 마인무구잖아……?"

칼리아스 국왕이 로슈폴에게 드래곤 클로를 하사해 준 것은 지극히 최근이었다.

잉그리스 일행이 하이랜드를 출발하기 직전에 있었던 일이다.

아루루의 도움을 받아 방과 후 특별 활동에 매진하던 와중, 로슈폴이 드래곤 클로를 들고 아카데미로 돌아왔던 것이다.

"국보가 이렇게 막 복사돼도 괜찮은 건가……?"

"아무렴 어때. 실제로 복사돼 버렸는걸. 잉그리스의 말대로라면 한 번 보는 것만으로는 따라하기도 힘든 모양이고. 우리는 그저 감탄하는 수밖에."

에리스는 어깨를 으쓱이면서 잉그리스를 향해 미소 지었다.

"하긴, 크리스가 하는 일을 일일이 신경 써봤자 우리만 피곤하지……! 얼른 다녀와!"

"응, 라니……! 다녀올게!"

잉그리스는 선수부를 박차고 앞으로 도약했다.
더욱 강력한 반동을 원했다면 에테르 셸까지 펼쳤겠지만, 그랬다간 스타 프린세스호가 추락해 버렸을 것이다.
그러니 도약은 최대한 사뿐하게.
하지만 이대로는 속도가 부족해서 오히려 스타 프린세스호에게 추월당하고 말 것이다.
그렇다면……!
잉그리스는 뒤로 돌아 수평선을 향해 손바닥을 내밀었다.
"에테르 스트라이크!"
쿠고오오오오오오오오!
후방으로 분출된 에테르가 잉그리스의 몸에 압도적인 추진력을 선사했다.
잉그리스는 스타 프린세스호를 따돌리고 단숨에 마석수 무리의 위쪽에 도달했다.
"캬아아아아악!"
곧바로 팔팔한 마석수 한 마리가 입을 쩍 벌리고 수면 위로 뛰어올랐다. 잉그리스를 삼킬 작정인 듯했다.
"감사합니다……!"
마석수의 턱이 닫히는 순간, 잉그리스는 몸을 비틀어 날카로운 이빨을 회피했다.
"마침 발판이 필요했던 참이거든요!"
잉그리스는 꽉 닫힌 입을 발판 삼아서 마석수 무리 한복판으로 도약했다.

도착한 곳은 바닥이 보이지 않을 정도로 깊은 바다 위.

예전 같았으면 잉그리스는 그대로 바다에 빠졌겠지만, 이번에는 달랐다.

쩌저저적!

발밑의 바닷물이 순식간에 얼어붙으며 발판으로 변한 것이다.

빙룡 갑옷을 구성하는 것은 얼음의 마법이었고, 잉그리스가 지닌 드래곤 로어도 혹한의 냉기를 품은 신룡 후페일베인으로부터 온 것이었다.

두 가지의 힘이 합쳐진 결과, 갑옷은 필연적으로 강력한 냉기의 힘을 띨 수밖에 없었다.

발바닥에 의식적으로 힘을 흘려보내면 갑옷에서 흘러나온 냉기가 발밑을 얼려주었다.

사실 잉그리스가 전속력으로 달린다면 수상 보행도 불가능하진 않았다. 하지만 급하게 멈추거나 방향을 전환하는 등 전투를 치르면서까지 가능한 곡예는 아니었다.

대신 발밑을 얼려 발판을 만들면 지상에서와 비슷한 감각으로 싸울 수 있었다.

어디까지나 비상 수단이긴 했지만, 갑옷의 부차적인 기능으로는 매우 만족스러웠다.

"좋아, 이거라면 싸우기 쉽겠어……! 그럼, 갑니다!"

마침 전방의 좌우에서 두 마리의 마석수가 도약해 왔다.

잉그리스는 우측의 마석수를 향해 달려갔다. 잉그리스가 지나간 자리에 얼음의 회랑이 만들어졌다.

"하아아압!"

잉그리스는 높이 뛰어올라 공중의 마석수를 역습해 들어갔다.

반면 마석수는 잉그리스의 역습에 이렇다 할 대응을 취하지 못했다.

잉그리스를 노리고 뛰어오른 것까지는 좋았지만, 잉그리스가 기존의 자리에서 벗어나자, 동작을 변경할 방법이 없어진 것이다.

만약 상대가 조류형 마석수였다면 날개를 사용했을 것이다. 그러나 물고기는 할 수 있는 게 없었다.

잉그리스는 마석수의 옆구리에 가차 없이 발차기를 꽂아 넣었다.

콰아아아아앙!

굉음과 함께 날아간 마석수가 좌측에서 돌진해 오던 마석수와 충돌했다.

서로 뒤엉킨 채 추락하는 마석수들.

잉그리스는 마석수들의 추락 지점으로 앞질러 달려갔다.

"라니! 레오네!"

두 사람의 이름을 부르며 마석수를 하늘 높이 차 날리는 잉그리스.

물 밖으로 뛰어올랐을 때보다도 훨씬 더 높이 솟아오른 마석수들은 잉그리스를 뒤쫓아 온 스타 프린세스호 앞으로 배달되었다.

한편, 잉그리스의 발밑에서 또 다른 마석수가 입을 쩍 벌리고 다가왔다.

잉그리스를 한입에 집어삼킬 기세였다.

잉그리스는 가볍게 도약해 공격을 회피했고, 그와 동시에 기다란 뿔을 붙잡아 마석수를 수면 위로 끌어올렸다.

“이건 리제롯테한테!”

마석수를 밀어 올리듯 주먹을 꽂아 넣는 잉그리스.

마석수는 파닥파닥 몸부림을 치면서 먼저 간 두 마리를 따라 하늘로 날아갔다.

마석수에게는 물리적인 공격이 통하지 않는다.

따라서 지금처럼 날려 보내도 치명상으로 이어지지는 않았다.

마무리는 동료들한테 맡기는 게 효율적이었다.

“꺄아아악?! 뭔가가 날아왔어! 비린내!”

“떨어트리면 다시 물속으로 들어갈 거야! 확실하게 끝장을 내야 해……!”

“아래쪽에 따라오는 건 제가 맡을게요!”

“플라이 기어 조종은 내가 할게! 너희는 공격에 전념해 줘!”

에리스가 스타 프린세스호의 조종간을 붙잡았다. 그리고 다른 일행들은 날아오는 마석수들을 공격할 준비를 갖추었다.

빛의 화살이 비처럼 쏟아져 내리는 샤이니 플로.

길게 늘어난 검은색의 대검과, 그 칼날에서 구현된 환영룡.
할버드의 끝부분에서 뿜어져 나오는 눈보라.
다들 소란스럽기는 해도 확실하게 마석수를 격파해 주었다.
"훌륭해……! 그러면 계속해서 갈게!"
잉그리스는 계속해서 일행들이 있는 곳으로 마석수를 올려보냈다.
"잠까아아안, 크리스! 너무 많아! 너도 조금은 쓰러트려 줘!"
연속으로 7, 8마리 정도를 올려보내자 라피니아가 불만을 터트렸다.
"흠. 그렇다면……."
잉그리스는 발밑을 쳐다보았다.
지금까지의 전투로 해수면에 다수의 얼어붙은 발판이 만들어져 있었다.
"좋아. 이걸로 하자!"
잉그리스는 빙룡 갑옷을 해제했다.
그러고는 양손을 허리 옆으로 가져가 발도 자세를 취했다.
그 직후, 잉그리스는 검을 뽑는 동작과 함께 드래곤 로어를 발동시켰다. 얼음의 검을 소환하면서.
마나와 드래곤 로어를 의도적으로 한데 겹침으로써 변이가 일어났다.
그워어어어……!
포효성과 함께 용의 형상을 한 푸른색의 검이 모습을 드러냈다.

또 하나의 용마법, 빙룡검이었다.

빙룡 갑옷과 동시에 발동하지 못하는 게 흠이지만, 지금은 해수면에 충분한 발판이 마련된 상태였다.

빙룡검은 무공 질드그리버와의 전투에서도 사용한 적이 있었다. 이참에 한 번 더 시험해 보기로 했다.

마침 물 밖으로 뛰쳐나온 마석수에게는 파란색 보석이 박혀있었다.

얼음에 내성이 있는 적에게 빙룡검으로 공격해 보는 것도 흥미로운 시도였다.

"하아앗!"

잉그리스는 얼음 발판을 밟고 뛰어올라 마석수에게 검을 휘둘렀다.

빙룡검의 칼날은 마석수의 안면을 부드럽게 파고들어 세로로 두 동강 내버렸다.

마석수의 시체는 바닷물 속으로 가라앉으며 서서히 소멸했다.

"음. 베는 맛이 일품인걸……!"

평범한 얼음의 검이라면 겉을 베는 정도로 그쳤을 것이다. 드래곤 로어가 부여된 덕분에 내성을 무시하다시피 할 수 있었다.

에테르를 이용한 기술에 비하면 약한 편이지만, 적어도 일반적인 마법보다는 월등히 강력했다.

꽤 쓸만한 마법을 개발해 냈다는 생각이 들었다.

혈철쇄 여단의 흑가면은 에테르로도 검을 만들 수 있었다. 빙룡검으로 그 검과 겨뤄보고 싶었다.

잉그리스는 들이닥치는 마석수를 차례차례 베어나갔다.

"크리스! 그 녀석이 마지막이야! 해치워 버려!"

라피니아의 말대로였다. 신나서 검을 휘두르다 보니 어느새 한 마리밖에 남지 않았다.

"아아……. 벌써 끝이구나. 아쉽지만 어쩔 수 없지……!"

용마법 실전 훈련에 어울려 준 마석수들에게 감사를.

마지막이니만큼 최대한 잘게 썰어서 빙룡검의 성능을 확인해 보도록 하자.

그렇게 생각하며 검을 휘두르려던 순간.

피슈우우우웅!

잉그리스의 등 뒤에서 몇 줄기의 광선이 날아왔다.

"……!"

기척을 느낀 잉그리스는 춤을 추듯 정교한 움직임으로 광선들을 회피했다.

하지만 잉그리스와 대치하고 있던 마석수는 그러지 못했다.

다수의 광선에 꿰뚫려 꼬치가 되어버린 마석수는 몸을 꿈틀거리며 소멸해 버렸다.

"아앗……! 아까워……!"

전부 직접 상대하고 싶었는데.

하지만, 공격이 날아왔다는 건 새로운 상대가 나타났다는 뜻이다.

잉그리스는 등 뒤로 고개를 돌렸다.
광선을 발사한 것은 하이랜드에서 출격한 기계룡들이었다.
숫자는 총 여섯.
여섯 마리의 기계룡이 나란히 도열한 채 잉그리스를 응시하고 있었다.
"……."
잉그리스도 기계룡들의 움직임을 살폈다.
한순간 정적이 흘렀다.
방금 광선은 처음부터 마석수를 노렸던 것일까, 아니면 잉그리스까지 적으로 인식한 공격이었을까.
지금 주어진 정보만으로는 판단하기 힘들었다.
따라서 상대방의 행동을 기다릴 필요가 있었다.
과연 어떻게 나올 것인가.
이왕이면…….
"크리스! 이쪽이야! 얼른 돌아와!"
"함부로 접근하지 않는 게 좋아. 멀리 떨어지자……!"
에리스가 조종하는 스타 프린세스호가 잉그리스를 데려가기 위해 날아왔다.
그오오오오오오!
그때, 기계룡들이 일제히 포효하기 시작했다.
벌어진 입 속에서 환한 빛이 일렁거렸다.
아까 마석수를 꿰뚫었던 빛이었다.

잉그리스에게 광선을 발사하려는 것이다.
"좋았어……!"
즉, 잉그리스를 적으로 간주했다는 뜻이었다.
다행이다. 아직 싸움은 끝나지 않았다.
""좋기는 뭐가 좋아!""
라피니아와 에리스가 한목소리로 외쳤다.
"걱정할 필요 없어, 라니! 부수지만 않으면 되는 거죠, 에리스 씨?!"
"그렇긴 한데……!"
상대방에게만 공격이 허락된 상황이라도 시험해 보고 싶은 것은 잔뜩 있었다.
어떤 상황에서 전투를 치르든 자신의 성장으로 이어지도록 하는 것이 중요했다.
잉그리스는 빙룡검을 해제한 뒤 다시금 빙룡 갑옷을 장착했다.
"에리스 씨. 우리는 빌마 씨가 계신 곳으로 돌아가요! 기계룡을 멈춰 주실지도 몰라요!"
라피니아가 에리스에게 말했다.
"그래, 그러자!"
"크리스! 부수면 안 된다!"
"응, 알았어……!"
잉그리스는 고개를 끄덕이며 자세를 잡았다.
"아니. 그럴 필요는 없다……!"

불현듯 다른 누군가의 목소리가 들려왔다.
동시에 스타 프린세스호 위쪽에서 또 하나의 플라이 기어가 모습을 드러냈다.
"공격 명령 강제 해제. 출격 대기 상태로 이행……! 귀환하라, 기계룡들이여……!"
목소리의 주인공은 플라이 기어에 탑승하고 있는 빌마였다.
빌마의 검은색 갑옷에 새겨진 문양이 밝게 빛나고 있었다.
저 문양에 기계룡을 조작하는 마법적 효과가 깃들어 있는 모양이었다.
어쨌든, 빌마의 명령이 떨어지자, 기계룡들은 즉시 공격을 중단했다.
그러고는 우향우로 방향을 바꿔 바다에 부유 중인 하이랜드로 되돌아갔다.
"아아아……! 기다려, 돌아가면 안 돼……! 한 발이라도 쏴주고 가……!"
빙룡 갑옷으로 광선을 받아내서 강도를 확인해 보고 싶었다.
"기계룡들이 돌아가고 있어……!"
"다행이다……!"
"하마터면 같은 편과 싸울 뻔했네요."
"응. 일이 커지지 않아서 다행이야."
다들 안심하는 눈치였다. 잉그리스만 제외하고.
"……기계룡은 침입자를 공격하도록 설정되어 있다. 미안했다.

협력에 감사하지. 멀리서 보았다만, 이 아이의 움직임은 범상치 가 않더군."

"미안한 줄은 아시나요……! 적어도 한 발 정도는 공격하게 내버려 둘 수 있었잖아요. 저한테 악의라도 있었으면 어쩌려고 그래요? 지상의 인간을 간단히 신용하는 건 문제라고 봐요……! 자고로 하이랜더라면 지상의 인간이 휘말리건 말건 마석수와 함께 쓸어버려야……."

"……사, 사고방식도 범상치가 않구나……?"

빌마가 난처한 표정을 지었다.

"크리스! 고집부리면 못써! 잘 풀렸으니까 됐잖아……! 그리고 세오도어 특사님과 세이린 님은 그런 짓 안 해……!"

어느새 옆으로 다가온 라피니아가 빌마에게 호소하는 잉그리스의 귀를 잡아당겼다.

"아, 아야야! 그치만, 라니……! 후페일베인은 기신룡으로 변하자마자 도망가 버렸는걸! 광선 한 발 정도는 맞아봐도 괜찮잖아! 내가 공격하겠다는 것도 아니고……!"

"어휴! 하이랜드까지 와서도 크리스는 크리스구나……! 작아져도 변한 게 없어! 아무튼 안 돼! 얌전히 굴어……!"

"지, 진정해라. 애들은 씩씩한 게 제일이라 들었다. 그렇게까지 화낼 필요는……."

"아뇨. 빌마 씨는 너무 물러요……! 애초에 크리스는 일시적으로 작아졌을 뿐이에요. 원래는 저와 동갑이라구요……!"

“……떠들썩한 소녀로군. 하이랜드에 들어가면 부디 얌전히 지내길 바란다. 뭐, 이미 한바탕 난리가 났을 테지만…….”

빌마가 절해의 고도로 변한 하이랜드를 바라보며 말했다.

“여기가 바다라서 다행이네요. 육지에 떨어졌다면 피해가 컸을 거예요…….”

“……그래. 그 말대로다.”

잉그리스의 말에 빌마가 고개를 끄덕였다.

“이런 일이 자주 생기나요?”

에리스가 빌마에게 물었다.

“아니. 자잘한 문제가 발생한 적은 있지만 이런 일은 처음이다. 원인을 알아낼 필요가 있겠지.”

“……아무래도 성가신 곳에 와버린 모양이네.”

에리스가 한숨을 푹 내쉬었다.

“평소에 일어나지 않는 일이라면 평범하지 않은 자의 소행일지도 모르겠네요. 혈철쇄 여단이나 교주련 측에서 잠입해 온 걸까요……? 살육 병기에 마석수, 적대 세력까지……! 시끌벅적하고 좋네요……!”

“……후우. 얘는 도대체 뭘 하려고 온 건지…….”

“정말로 괜찮은 건가? 이 애를 하이랜드에 상륙시켜도…….”

“제, 제가 보호자로서 잘 감시하고 있을게요! 괜찮을 거예요, 아마도!”

라피니아가 다소 불안한 목소리로 대답했다.

잉그리스 일행은 빌마의 공중전함으로 돌아가 하이랜드로 입항했다.

공중전함용 도크는 하이랜드의 지하에 있었다. 이곳의 규모와 기술력은 기사 아카데미가 소유한 볼트 호수의 선착장을 아득히 능가하고 있었다.

잉그리스 일행이 탑승한 공중전함 외에도 수많은 전함이 계류되어 있었는데, 수십 척에 달하는 전함들이 나란히 도열된 모습은 그야말로 장관이었다.

카랄리아에는 세오도어 특사가 대여해 준 성기사단의 함선과, 베네픽군으로부터 노획한 봉마기사단의 기함까지 두 척의 공중전함밖에 존재하지 않았다.

이곳의 전함들은 비교적 적은 인원으로 운영되고 있었지만, 그럼에도 지상에서 대국으로 분류되는 카랄리아조차 압도하는 전력이었다.

게다가 여태껏 본 적 없는 장치들이 공중을 날아다니며 자재와 물자들을 운반하고 있었다.

그리고 그걸 받아 든 기계팔이 함선을 수리하고, 무언가를 제작하는 등 이곳저곳에서 작업을 진행하고 있었다.

물론, 지상에서는 찾아볼 수 없는 광경이었다.

"괴, 굉장하다……. 이게 다 뭐람……. 수레가 자기 멋대로 날아다니면서 물건을 옮기고 있어…….”
“저쪽에 강철 팔 좀 봐. 혼자서 전함을 조립하고 있는데……?”
“너, 너무 복잡해서 뭐가 뭔지……. 역시 지상과는 하나부터 열까지 다르구나…….”
라피니아도, 레오네도, 리제롯테도 주변을 두리번거리며 넋나간 표정을 지었다.
“훌륭해…….”
잉그리스 역시도 중얼거렸다.
주변의 장치와 부품에서는 복잡하고 정교한 마나의 흐름이 느껴졌다.
즉, 이 장치들을 제어하고 있는 것은 어디까지나 마법적인 현상이었다. 그런데 도저히 분석할 수가 없었다.
마나를 이용해 자동으로 움직이는 장치.
바꿔 말하면 치밀한 기술력이 동원된 고도의 마인무구라고 할 수 있을 것이다.
“……압도적이네.”
에리스도 대놓고 두리번거리지는 않았지만, 넋이 나간 얼굴을 하기는 마찬가지였다.
“놀라는 것도 무리는 아니지. 우리 일루미너스 섬의 대공장은 모든 하이랜드를 통틀어 제일이니까. 이곳을 따라올 시설은 어디에도 없다. 자, 이쪽이다.”
빌마는 앞장서서 도크로 이어지는 다리를 내려갔다.

"확실히 기공님의 본거지라고 할 만하네요……."

잉그리스가 빌마의 뒤를 따라가며 말했다.

"이곳에서 제조된 병기들은 무공님과 법공님 앞으로도 전달되고 있다. 삼대공파는 서로 돕고 돕는 관계지."

"작업자가 별로 없는 것 같은데……. 대부분 무인으로 돌아가는 건가요?"

"지금은 비상사태다. 섬이 바다에 떨어졌으니 다들 혼란을 수습하기 위해 출장을 나갔을 테지. 도시에 피해가 발생했다면 구조대도 보내야 하고."

"그렇군요……."

"저희와 함께 타고 오신 병사분들도 가보시는 게 좋지 않을까요……?"

"병사라니, 누구를 말하는 거지?"

라피니아가 묻자 빌마는 공중전함을 쳐다보며 답했다.

방금까지만 해도 갑판에 있었던 빌마의 부하들이 보이지 않았다.

"어라……?"

"네가 말하는 병사들이라면 이미 돌아갔다."

"돌아갔다고요? 어디로……?"

"유사 생명체 전용 보관소로. 그 녀석들은 공중전함의 운항을 위해서만 만들어졌기 때문에 다른 일은 하지 못해."

"……?! 이, 인간이 아니었던 건가요……?"

"그렇다."
"저, 전혀 그렇게 안 보였는데……. 과묵한 사람들이라는 생각은 했지만……."
"미, 믿기지 않는 기술력이네요……."
"그, 그러게. 놀라움의 연속이야……."
잉그리스 일행은 다시 한번 넋이 나가고 말았다.
"인간의 언어를 이해하는 골렘…… 맞나요?"
"그렇게 생각하면 될 거다."
"과연……."
잉그리스가 알기로 골렘이란 소재에 크게 좌우되는 존재였다.
그리고 잉그리스가 보았던 골렘은 구별하기 힘들 정도로 인간과 흡사했다.
즉, 그 골렘에 사용된 재료는……. 이 이상 생각하지 않는 편이 좋을 것이다.
"나도 기술적인 부분은 잘 모른다. 나는 일개 기사에 불과하니까."
그 말은 하이랜더가 된 라알이나 팔스와 비슷한 위치에 있다는 뜻일까?
다만, 공중전함을 위임받아 에리스를 데리러 왔을 정도니 기사 중에서는 높은 직위에 있을 것이다.
물론 빌마는 삼대공파에 속하는 기공의 부하고, 라알과 팔스는 교주련 측의 인물이었다. 같은 선상에서 비교하기는 무리가 있었다.

"좋아……. 잠시 기다려라."

빌마가 다른 장소로 이어진 통로 앞에 멈춰 섰다.

"빛나는 벽……. 결계인가요?"

강력한 마나의 흐름이 느껴졌다.

인기척도 없건만 눈앞에서 펼쳐지는 것은 엄연한 마법적 현상이었다.

"그래. 이런 장치가 보이면 함부로 건들지 않는 것이 좋다. 통행 허가가 없으면 공격하게 되어 있거든."

빌마는 그렇게 말하며 빛나는 벽 앞으로 다가갔다.

"……관리 권한. 자격이 없는 네 명의 통행을 일시적으로 허가한다."

이윽고 벽에서 한 줄기의 광선이 내려와 빌마의 성흔을 비추었다.

그러자 벽이 사라지며 통과할 수 있게 되었다.

"가자. 내게서 너무 멀리 떨어지지 마라. 경계가 작동할 수 있으니."

"……굉장한 기술이네요."

마법이나 마인무구는 인간이 직접 발동해야 하는 조건이 붙는다.

하지만 이건 달랐다. 성흔의 유무를 판별하여 일시적으로 결계를 해제하는 무인 장치였다.

인간이 해야 하는 복잡한 절차를 자동으로 수행하는 것이다.
"이 벽을 마인무구라 치면 마나는 어디에서 공급되는 거지……? 그리고 빌마 씨의 성흔을 인식하거나 예외인 존재를 판별하는 방법은 뭘까……?"
굉장히 흥미로웠다. 이 벽을 조사하는 것만으로도 하루가 순식간에 흘러갈 것 같았다.
"뭐 해, 크리스. 어서 가자. 멀리 떨어지지 말라고 빌마 씨가 말씀하셨잖아."
"아, 응. 미안해, 라니."
그때 레오네가 빌마에게 질문을 건넸다.
"저…… 방금 어째서 네 명만 허가하신 건가요? 저희는 다섯 명인데……."
"그러게요. 저도 마음에 걸렸어요."
"하이랄 메나스는 문제없이 통과할 수 있다. 우리 하이랜드에서 만들어진 존재니까."
"아하. 일리가 있네요……."
"듣고 보니 그렇군요."
"……출가외인이라고 문전박대는 당하지 않은 모양이네. 다행이야."
말의 내용과 달리 에리스의 표정은 전혀 기뻐 보이지 않았다. 그저 담담하기만 했다.
"반대편 출구까지 상당히 머네. 플라이 기어가 있으면 편할 텐데.”

라피니아의 말대로 통로의 출구는 상당히 멀리 떨어져 있었다.

“그건 그렇군.”

그렇게 말한 빌마가 문장이 새겨진 벽으로 다가갔다.

“6명분의 이동 수단을 신청한다. 행선지는 중앙 연구소.”

다시 한번 빛줄기가 성흔을 비추었다.

그러자 벽이 소리 없이 열리더니 안에서 플라이 기어가 튀어 나왔다.

하지만 일반적인 플라이 기어와는 생김새가 달랐다. 원형의 판에 난간이 달린 형태로, 오히려 자그만 플라이 기어 포트에 가까웠다.

“와……! 멋지다!”

라피니아가 환성을 내질렀다.

“펴, 편리하네…….”

“도, 도대체 어떻게 작동하는 걸까요……?”

“자동 제어 장치다. 이곳뿐만이 아니야. 우리 일루미너스 섬에는 비슷한 장치가 수없이 존재하지. 자, 타라.”

“좋았어. 그러면 내가 조종을…… 어라? 조종간이 없네요?”

“조종도 자동이다. 행선지를 말하면 돼.”

“오오오오! 정말로 굉장해!”

“이게 하이랜드의 기술력인가……. 하긴, 마인무구와 하이랄메나스를 만들어 낸 곳인걸…….”

"그러게요. 레오네 말대로예요……."

라피니아는 더욱더 기뻐했고, 레오네와 리제롯테는 더욱도 압도당했다.

"출발해라."

빌마가 목소리로 지시를 내리자 플라이 기어가 공중으로 떠올라 이동을 개시했다.

기다란 통로의 출구는 바깥으로 이어져 있었다.

대공장은 바위산의 중턱에 자리 잡고 있었다. 대공장의 출구를 빠져나오자, 하이랜드의 전경이 한눈에 들어왔다.

커다란 도시가 보였다. 카랄리아의 왕도 카이랄과 비교해도 손색이 없을 규모였다.

도시에는 오면서 보았던 상자 모양의 주거 건물이 일정한 간격으로 늘어서 있었다. 건물들의 외벽은 전부 유백색으로 칠해져 있었고, 녹색 문양이 새겨져 있었다. 크기도 전부 똑같았다.

도시에 심어진 가로수의 크기와 종류도 모두 동일했다. 소름이 끼칠 정도로 가지런히 정렬된 도시이었다.

"비슷한 크기의 건물들이 잔뜩 있어……!"

"자로 잰 것처럼 똑같네……."

"건물들을 저렇게 지어놓으니 무서울 만큼 질서 정연하네요……."

"빌마 씨, 저 건물들은 하이랜더들이 거주하는 곳인가요?"

"그래, 맞아."

"그러면 크기가 다른 건물은 다른 시설이라는 뜻이겠네요."
"간판이 없어서 어디가 어떤 가게인지도 모르겠어."
라피니아가 아래쪽을 두리번거리며 말했다.
"라피니아, 음식점을 찾고 있는 거지?"
레오네가 라피니아에게 물었다.
"앗, 들켰어? 맛있는 음식점이랑, 하이랜드의 의류점을 찾고 있었어. 기념품 가게도 들러보고 싶고. 빌마 씨, 어디인지 아시나요?"
"그런 건 없다. 무상으로 나눠주고 있으니까."
""네에에?!""
라피니아와 레오네, 리제롯테가 화들짝 놀라서 외쳤다.
"저, 전부 공짜라는 건가요……?"
"지, 지상이랑은 완전히 다르구나……."
"그러면 하이랜더 분들은 어디에서 일을 하시는 건가요……?!"
리제롯테가 빌마에게 물었다.
"기본적으로 노동을 할 필요는 없다. 일부 예외는 있지만 말이야. 최신 기술 연구소나, 나 같은 경우지. 이곳은 기공님의 본거지이기 때문에 연구원을 희망하는 자들이 많은 편이다."
"과연……. 살아가는 데 필요한 요건 대부분이 자동으로 충족된다면 인간은 일할 필요가 없어지는 건가……."
인간이 진화한다면 이런 형태일지도 몰랐다.
세상은 잉그리스가 왕으로 있던 시절보다도 진보해 있었다.

이런 장소가 있을 줄이야.

"그런데 밭이나 농장이 없네. 어디서 식재료를……. 아아, 그건 지상에서 받아오는 거구나. 마인무구랑 교환해서……."

"좋은 장소……인 걸까? 여기에 사는 사람들한테는 그럴지도……. 하지만 우리는 필사적으로 마석수와 싸워서 지상을 지키고 있는데……."

"그렇지만 마인무구가 없으면 지상을 지키지 못하는 것도 사실인걸요. 어쩔 수 없는 게 아닐까요……?"

"여기서 고민해 봤자 소용없는 짓이야. 우리는 우리의 목적만 달성하면 돼."

에리스가 다른 일행들을 타일렀다.

"……지상과 하이랜드가 대등하지 않을지도 모르지만 결국에는 상호 공생하는 관계다. 그래서 아무런 대가도 받지 않고 하이랄 메나스인 당신을 수리하기로 한 것이지."

"고맙다고 해야 할지……."

"뭐, 생존을 위한 노동에서 해방된다는 건 대단한 일이라고 생각해요. 마음껏 훈련에 매진하거나, 싸움만 하면서 살 수 있다는 말이잖아요? 부럽네요……!"

의무와 사명에 얽매이지 않고 자신이 하고자 하는 일에 몰두할 수 있는 환경이란 확실히 매력적인 것이었다.

""""…………."""

하지만 에리스와 레오네, 리제롯테는 그런 잉그리스를 복잡한 표정으로 바라보았다.

"응?"

"크리스는 여기에 안 살아도 늘 그렇다는 뜻이야!"

라피니아가 잉그리스의 뺨을 쿡쿡 찌르며 말했다.

에리스와 레오네, 리제롯테도 끄덕끄덕 동의를 표했다.

"즉, 지상에서도 즐겁게 살 수 있다는 뜻이잖아?"

잉그리스도 지지 않고 씨익 웃어 보였다.

"……하긴, 비교해 봤자 소용없나."

"응, 맞아. 나는 옆에 라니가 있고, 강한 상대와 싸우고, 잔뜩 먹을 수 있으면 그걸로 만족이야."

"말은 그렇게 하면서 맨날 욕심만 부리잖아! 나는 강한 상대와 싸우고 싶지 않거든? 뭐, 어쨌든 눈앞의 일을 즐기라는 거네! 그렇다면 관광이지!"

"라피니아, 우리는 여기에 놀러 온 게 아니야……."

"게다가 이곳도 바다에 불시착해서 정신이 없을 거예요……."

"도시에도 사람이 거의 없네."

에리스가 도시를 내려다보며 말했다.

확실히 도시의 규모를 생각하면 죽은 것처럼 조용했다. 사람의 숫자도 무척 적었다.

"이미 피난 작업이 완료된 상태다. 대다수는 지하로 이동해 있다."

"그렇군요……."

“안전이 확인되면 사람들도 밖으로 나올 테지. 하지만 우리는 우선 저곳으로 향할 예정이다.”

빌마가 도시의 중앙부를 가리키며 말했다.

그곳에는 압도적으로 거대한 건물이 떡하니 자리 잡고 있었다.

그 크기가 일반 거주지의 수십 배에 달했고, 카랄리아의 왕성보다도 몇 배는 더 거대했다.

“저곳이 중앙 연구소다. 우리 일루미너스 섬의 중추지. 하이랄 메나스를 만드는 시설도 저곳에 있다.”

잉그리스 일행은 빌마의 설명을 들으며 플라이 기어를 타고 중앙 연구소로 이동했다.

중앙 연구소로 발을 들이자 몹시 부산스러웠다. 조용한 바깥의 분위기와는 딴판이었다.

“장애 원인은……?! 어째서 이런 일이 벌어진 거지……?!”

“부유 마법진에 갑자기 문제가 생긴 모양이야……!”

“뭐라고! 지금은 어떻게 됐지……?!”

“아직 불명이다……! 그것보다는 우선 섬의 수몰부터 막아야 해……!”

“그래. 일단은 강우 탐지와 도시 결계에 쓰이던 마나를 예비 부력으로 돌려놨다!”

"그랬군……. 하지만 만약 프리즘 플로라도 내린다면……!"
"그래도 어쩔 수 없어……! 지금은 이게 최선이야……!"
"알겠다. 여차할 경우엔 위성 도시에 구조를 요청하면 되겠지……!"
연구원으로 보이는 하이랜더들이 다급한 표정으로 의견을 교환하면서 곳곳에 설치된 장치와 계기판을 들여다보고 있었다. 거대한 연구소의 내부는 여러 층으로 나뉘어 있었다.
안으로 진입한 플라이 기어는 빛으로 된 선을 따라서 목적지로 나아갔다. 몇몇 구역을 통과했지만 급박하지 않은 장소가 없었다. 상당한, 아니, 극도의 긴장 상태였다.
"괴, 굉장히 안 좋은 타이밍에 와버렸나 본데……?"
"그러게. 하이랜드가 바다로 떨어졌으니 다들 심각하겠지. 만약 프리즘 플로가 내려서 프리즈마라도 나타난다면 도망칠 방법이 없으니……."
"부, 불길한 소리 그만둬. 정말로 그렇게 되면 어쩌려고……!"
"당연히 싸워야지. 오랜만에 다시 붙어보고 싶네."
잉그리스가 주먹을 불끈 움켜쥐더니 귀여운 미소를 지어 보였다.
"난 싫어……! 프리즈마랑 또 싸워야 한다니. 얼마나 무서웠는데……!"
"도착했다. 다들 내려라."
그때 빌마가 잉그리스 일행에게 말했다.

플라이 기어에서 내리자, 눈앞에 커다란 문이 보였다.
"여기는……?"
"윌킨 제1박사의 연구소다. 일루미너스 제일의 기술자라 일컬어지는 인물이지. 실례를 범하지 않도록 주의해라. 뭐, 반대가 될지도 모르지만."
이번에도 빛줄기가 문 앞에 선 빌마의 성흔을 비추었다. 그리고 천천히 문이 열렸다.
안으로 들어가자 제법 넓은 공간이 나타났다. 다양한 실험기구와 책장들이 난잡하게 배치되어 있었고, 대공장의 기계팔을 소형화시킨 것처럼 보이는 장치가 생소한 물건을 조립하고 있었다.
"저, 저게 도대체 뭐야……?"
라피니아가 투명한 실험관 속에 둥둥 뜬 살덩어리를 응시하며 말했다.
근처에 있는 기계팔이 바늘을 꽂아 수상한 액체를 주입하자, 살덩어리가 꿈틀꿈틀 움직이기 시작했다.
"히이익……?!"
"보, 보기 좋은 광경은 아니네……."
잠시 후, 꿈틀거리던 살덩어리가 귀여운 강아지로 변했다.
"앗…… 귀엽다……!"
"후후, 그렇네요……. 귀여워요."
하지만 일행들이 가까이 다가간 순간, 강아지는 다시 꿈틀거리는 살덩어리로 돌아가더니 커다란 모기로 변했다.
"꺄아아아악!"
"하, 하나도 안 귀여워!"
"대, 대체 뭔가요, 이건……!"
식겁하는 일행들과 달리 잉그리스는 흥미진진한 표정으로 관 속을 들여다보았다.
"헤에…… 다양한 모습으로 변하는 생물인가……? 어떻게 한 걸까. 대단하네……."
"크, 크리스! 가까이 다가가지 마! 징그러워!"
"조금 시끄럽군. 목소리를 낮춰주지 않겠나."
빌마에게 쓴소리를 들은 잉그리스 일행은 계속해서 안으로 들어갔다.
"윌킨 제1박사. 하이랄 메나스 수송 임무를 완료했습니다."
안쪽에는 커다란 책상이 놓여있었고, 빌마는 그 책상에 앉아있는 인물에게 보고를 올렸다.
등을 돌리고 앉아있는 그의 뒷모습은 영락없는 소년이었다.
오른손에 착용한 흰 장갑은 그래도 박사다워 보였다.
단, 한쪽 손에만 착용했다는 점에서 위화감이 느껴졌다.
"매정하구나, 빌마는. 성실한 건 알지만, 그래도 아빠라고 불러줄 수 있잖아."
"……임무 중이라서요."
하지만 눈앞에 있는 소년의 나이는 빌마보다 명백히 어려 보였다.

이윽고 그가 뒤를 돌아보았다. 소년은…… 굉장히 낯익은 얼굴을 하고 있었다.

"……이벨 님……?!"

"에에에엑?! 어째서 그 녀석이 이곳에……!"

하이랜더인 아크로드 이벨이 눈앞에 있었다.

온화하고 부드러운 표정은 이벨과 전혀 다른 분위기를 풍기고 있었지만.

"응……? 이벨?"

이벨을 빼닮은 윌킨 제1박사가 어리둥절한 얼굴로 되물었다.

자세히 보니 머리색이 조금 다르기는 했다.

"마, 맞아요. 하이랜드의 아크로드인……."

"아크로드? 아아, 교주련 측인가. 하긴, 그쪽에도 상급 마도체인 하이 마나코트를 쓰는 녀석이 있겠네. 소체를 몇 개 헌상한 적이 있거든."

소년은 태평한 말투로 긴장감을 박살 내버렸다.

"이, 이벨이 아니라는 건가요……?"

라피니아가 물었다.

"맞아. 빌마한테 들었잖아? 윌킨 제1박사라고."

"즉, 박사님은 원래의 몸이 아니라 상급 마나코트? 라는 인공 육체를 사용하고 계신다는 뜻이군요? 그리고 이 인공 육체는 몇 개가 더 존재하고……."

"정답……! 뭐, 개발한 사람은 나니까 내가 오리지널이고 다른 건 전부 모조품이라고 보면 될 거야. 아마도."

"그렇군요……."

대답을 끝낸 윌킨 박사는 에리스를 바라보았다.

"어쨌든, 하이랄 메나스를 수리하고 싶다는 거지? 무공님한테 파손되어 버렸다고 들었는데……."

"맞아요. 부탁드릴 수 있을까요? 이쪽도 긴급한 상황인 것 같던데……."

에리스가 나지막이 물었다.

"글쎄. 얼마나 파손되었는지에 따라 다르겠지. 상태가 심각하면 새로운 소체를 구하는 게 빠를걸……?"

"…………."

"그, 그럼 에리스 씨는 어떻게 되는 건데요……?"

라피니아가 절박하게 외쳤다.

"인격이나 영혼을 말하는 건가? 어디 보자, 하이랄 메나스 쪽의 기능만 망가졌다고 했지?"

윌킨 박사는 여전히 느긋하기만 한 태도로 이야기했다.

"네, 맞아요……!"

"흐음. 다른 육체에 넣어서 돌아가면 되지 않을까? 예를 들어 저거라던가. 그 정도는 서비스해 줄 수 있어. 아무리 그래도 하이 마나코트를 내줄 수는 없지만."

박사가 가리킨 곳에는 방금 전의 살덩어리가 있었다.

"그, 그건 안 돼요! 에리스 씨가 벌레가 되어버리잖아요……!"

"뭐, 겉모습이라면 어느 정도 원하는 대로 조정이 가능해. 지금과 비슷한 모습도 가능하고. 책임은 질 수 없지만 말이지, 후후후. 뭐, 사실 육체는 필요한 성능만 만족하면 뭐든 상관없어. 어차피 육체는 인간이 살아가는 데 필요한 그릇에 불과하니까. 행복을 느끼는 건 인격과 영혼 쪽이잖아?"

"으, 으음……. 그런 이야기는 잘 몰라서……."

라피니아는 받아칠 말이 궁해진 듯했다.

"하고 싶은 걸 하면서 살아간다는 게 얼마나 즐거운데."

"하지만 그러면 에리스 씨가 에리스 씨가 아니게 되어버리는 것 같달까……."

"원래의 몸 그대로가 좋다는 뜻이야? 하지만 하이랄 메나스는 일찌감치 몸속을 마구잡이로 개조당해서 인간도 뭣도 아닌 존재가 되어버렸는걸. 남아있는 건 얇디얇은 가죽뿐이야. 네가 뭐 때문에 그러는지 잘 이해가 안 가네."

윌킨은 딱히 불쾌해하는 기색도 없이 싱글벙글 웃으며 라피니아의 말에 대답했다.

"……! 그래도 그건 이상해요! 정확히 설명은 못 하겠지만……."

"나한테는 신선한 관점이야. 하이 마나코트나 다른 육체로 갈아타는 건 하이랜더에게 명예로운 일이거든. 더욱더 깊은 지식을 탐구할 기회를 얻는 거잖아. 인간의 본질은 육체가 아니라 정신과 영혼이지. 기공님 본인도 몸소 그 사실을 체현하고 계시고."

"……저는 가능한 한 원래의 모습으로 돌아가고 싶어요. 하이랄 메나스로서 해야 할 일이 있습니다. 그 짐을 다른 사람에게 짊어지게 하고 싶지 않아요."

에리스가 단호한 말투로 두 사람의 논쟁을 매듭 지었다.

"그래. 그것도 멋진 마음가짐이네. 뭐, 우선은 조사부터 해봐야겠지. 어이~."

월킨 박사가 호출하자 주먹만 한 크기의 파란 구체가 접근해 왔다. 구체에는 빛나는 문양이 빼곡하게 새겨져 있었다.

"자, 서치 서치. 전신의 손상과 기능 작동 여부를 확인해 줘."

파란색 구체에서 얇은 녹색 빛이 뿜어져 나와 에리스의 온몸을 비추었다.

"……음? 손상이 깊기는 하지만 국소적이네. 이러면 고치는 게 빠르겠는걸."

"박사님. 현재 섬의 상황이 위급한데 괜찮을까요?"

빌마가 질문을 건넸다.

"아빠라고 불러달라니까, 빌마."

"……임무 중이라서요."

"빌마의 임무는 하이랄 메나스를 이곳으로 데려오는 거였잖아. 다 끝났으면서."

월킨 박사가 서운하다는 표정으로 말했다.

"뭐, 하이랄 메나스 제조는 기공님의 시스템에서 독립되어 있으니 걱정할 거 없어. 그러면 서치를 계속할게. 수리 계획을 세워야 하거든."

다양한 색상의 빛들이 뿜어져 나와 에리스의 몸을 훑고 지나갔다.

"그래서? 다른 아이들은 무슨 용건으로 온 거야? 하이랄 메나스가 되고 싶어서? 그렇다면 적성을 알아봐 줄까?"

"아, 아뇨. 저희는 그저 동행자 자격으로……."

"네! 부탁드려요, 박사님!"

라피니아가 고개를 내젓는 사이, 잉그리스가 흥미진진한 얼굴로 외쳤다.

"크리스……?!"

"모처럼 여기까지 왔잖아. 기념으로 받아보자……!"

디바인 나이트인 잉그리스가 하이랄 메나스로 개조되기는 어려울 것이다.

하지만 관련된 기술을 보고 배운다면 새로운 필살기를 고안해 낼 수 있을지도 몰랐다.

그런 의미에서 몹시 흥미로운 제안이었다.

"알았어. 그러면 하나 더 불러볼까. 어이~."

또 하나의 구체가 날아와 잉그리스의 눈앞에 멈추었다.

"그 녀석한테 손을 대봐."

"네, 알겠습니다……!"

잉그리스는 박사의 말대로 구체에 손을 얹었다.

삐삐삐삑……!

경고음이 울렸다.
"응?"
"어라. 측정 에러?"
윌킨 박사가 고개를 갸웃했다.
아무래도 전신을 감싸고 있는 에테르가 측정을 방해한 모양이었다.
"그러면 이번엔 너."
"네? 저요……?!"
일단은 라피니아도 앞으로 다가온 구체에 손을 얹었다.
삐삐삐삐삑……!
"역시 고장 났나? 기공님이 침묵하는 바람에 이쪽에도 영향이 간 건가. 이상하네. 독립된 개체일 텐데. 그럼 다른 녀석으로~."
두 번째 구체가 돌아가고 세 번째 구체가 다가왔다.
"자, 다음은 네 차례야."
윌킨 박사가 레오네를 쳐다보았다.
"저, 저요……?! 아, 알겠습니다……."
레오네가 손을 댔지만, 이번에는 경고음이 울리지 않았다.
〈……판정 결과. 적성 레벨 C.〉
"우와……! 지금 얘가 말했어……! 굉장하다!"
라피니아가 눈을 휘둥그레 떴다.
"다행이다. 전부 고장 난 건 아닌가 보네. 그나저나 너, 재능이 있는 모양이야. 어떡할래? 레벨 C면 하이랄 메나스로 지원은 가능해.”

“제, 제가 말인가요?”

레오네는 화들짝 놀라서 자기 자신을 가리켰다.

“응. 개조에 걸리는 시간은 4, 50년 정도에 성공 확률도 1/4 정도지만. 친구들과는 영영 이별하게 될지도 모르겠네.”

“그, 그렇게나 오래 걸리나요……?! 그리고 실패하면 어떻게 되는 건가요?”

“흠. 원형도 남지 않을 테고, 다른 육체로 정신을 옮기는 것도 불가능할 테니…… 뭐, 죽는다고 보면 돼.”

“사, 사양할게요……!”

힘차게 고개를 내젓는 레오네.

“그, 그런 위험한 제안은 하지 말아주세요……!”

라피니아가 월킨 박사에게 불만을 드러냈다.

“그런가? 이 정도면 가능성은 제법 높다고 보는데. 시간도 비현실적인 정도는 아니고. 뭐, 너희는 공물로 바쳐진 인간이 아니니 목숨의 가치도 다르겠지.”

“그, 그게 무슨……?!”

라피니아가 되물으려던 그때, 다시 한번 구체에서 목소리가 들려왔다.

〈……부가 정보. 마인과 마나의 출력 부적합률 71%. 재조정 추천.〉

“헤에……? 그러면 여기까지 왔으니 서비스해 주기로 할까?

이건 금방 끝나는 데다가 실패할 일도 없으니까, 손을 댄 채로 가만히 있어. 됐다. 이 아이의 마인을 파기하고 재부여 실시~."

윌킨 박사가 명령했다. 그러자 레오네가 손을 얹은 구체가 눈부시게 빛났다.

동시에 레오네의 손등에 새겨져 있던 마인이 빛을 내며 사라져 갔다.

"마인이……?!"

"사라지고 있어……!"

"진정들 해. 새로 새기려고 잠깐 지우는 거니까."

"지상의 세례함처럼요?"

"맞아. 그것도 이 녀석의 기능 중 하나거든."

윌킨 박사가 싱글벙글 웃으며 설명하는 사이, 레오네의 손등에서 새로운 마인이 빛을 발하기 시작했다.

하지만 지금까지 레오네에게 부여되어 있던 상급 마인과는 달랐다.

무지갯빛으로 빛나는 그 마인은…….

"이, 이건……!"

"트, 특급 마인……?!"

"괴, 굉장해……! 굉장해요, 레오네……!"

틀림없다. 특급 마인이었다.

마인은 드물게 후천적으로 진화하는 경우가 있었다.

라티의 형인 알카드의 윈젤 왕자가 그러했다.

따라서 불가능한 일은 아니지만, 이렇게 직접 목격하는 건 처음이었다.

"미, 믿기지 않아……. 나한테 특급 마인이 생기다니……."

레오네는 자신의 손등에 새겨진 특급 마인을 멍한 표정으로 바라보았다.

"축하해, 레오네. 잘됐네."

"잉그리스……. 으, 응……! 고마워!"

라피니아, 레오네, 리제롯테 중에서 가장 노력파인 레오네였다. 그러니 이건 오히려 자연스러운 결과일지도 몰랐다.

평상시에는 훈련에 매진하고, 기사 아카데미에 입학한 뒤로는 다양한 전투를 치러왔다.

그 경험들이 레오네의 힘을 착실하게 증가시켜 준 것이다.

"나중에 마인무구를 써서 모의전을 해보자. 멋진 훈련이 되겠는걸……."

잉그리스는 두근거리는 얼굴로 웃어 보였다.

레오네는 평소에도 잉그리스와 함께 훈련하고는 했다. 그런 레오네가 특급 마인을 얻은 것이다. 두 사람이 하는 훈련의 질과 강도는 앞으로 더욱더 상승할 것이다. 잉그리스로서도 기쁠 수밖에 없었다.

"사, 살살 부탁해……. 특급 마인을 얻었지만 엄청나게 강해진 것 같진 않거든……."

"당연히 그럴 수밖에. 강화 개조를 받은 게 아니니까. 어디까지나 네 출력에 맞는 마인을 새겼을 뿐이야."

"고, 고맙습니다……! 윌킨 박사님……!"

레오네는 윌킨 박사에게 머리를 깊이 숙여 보였다.

"됐어. 모처럼 온 손님인데 이 정도 서비스는 해줘야지."

"저도 감사드릴게요! 그 얼굴에 좋은 기억이 없어서 의심하고 있었는데, 사실은 좋은 분이셨군요?!"

"하하하. 사용하는 육체는 같을지 몰라도 중요한 건 인격과 영혼이니까. 뭐, 지상의 손님들한테 잘 보여서 다행이네. 다른 사람이 저지른 일로 미움받으면 억울하지."

윌킨 박사가 빙그레 미소 지었다.

"정말 잘됐다, 레오네! 축하해!"

"우리 학년에는 특급 마인의 소유주가 없었잖아요. 앞으로는 레오네가 우리 학년의 대표네요!"

"하, 하지만 실력으로 따지면 잉그리스가……."

"나는 종기사잖아. 대표에는 레오네가 어울려."

특급 마인을 보유한 성기사. 이쪽이 알아보기도 더 쉬웠다.

잉그리스라면 '무인자인데 강함', '강한데 이유를 모르겠음'이 되어버린다.

얼어붙은 프리즈마와 싸웠을 때는 사정상 잉그리스가 전면에 나서야 했지만, 앞으로는 프리즈마가 나타나더라도 레오네의 공으로 돌릴 수 있을 것이다.

괜히 공을 세워봤자 맞선 요청이 쇄도하는 등 귀찮은 일만 벌어질 뿐이었다.

이것을 상쇄하려면 새로운 사건이 일어나 누군가가 공을 세워야 했다. 그래야 과거의 사건이 되어 다른 곳으로 주목이 쏠릴 테니까.

예를 들면 프리즈마를 쓰러트릴 때 제삼자의 협력을 구하는 방법이 있었다. 그렇게 하면 관심이 분산되어 사람들의 기억도 풍화되어 갈 것이다.

"뭐, 나는 레오네가 강해져서 순수하게 기쁜걸. 그렇다고 무리하진 말았으면 좋겠지만!"

"맞아요. 저도 레오네를 따라잡기 위해 정진할게요."

"……고마워, 다들……! 특급 마인에 부끄럽지 않은 사람이 될 수 있도록 앞으로도 노력할게."

성실한 레오네는 표정을 가다듬으며 고개를 끄덕였다.

"그보다 리제롯테도 검사를 받아 봐! 잘하면 특급 마인을 받을지도 모르잖아?"

"자신은 없지만 한번 받아볼게요……!"

리제롯테가 눈을 반짝이며 말했다.

"얼마든지~. 자, 손을 대봐."

"네……!"

리제롯테가 근처로 다가온 구체에 손을 얹었다.

삐뽀삐뽀삐뽀삐뽀!

이번에도 이상한 소리가 났다. 하지만 아까의 경보음과는 다른 소리였다.

"……?! 뭐, 뭔가요……?"

"또 고장인가?"

〈중요 정보! 중요 정보! 적성 레벨 SS의 피험체 발견! 곧바로 포획하여 하이랄 메나스화를 개시할 것을 추천함! 자동 포획까지 10, 9, 8, 7…….〉

구체가 정신 사납게 깜빡이며 리제롯테의 주변을 빙글빙글 돌기 시작했다.

"어…… 어어……?! 이게 무슨 뜻인가요……?! 하이랄 메나스화를 개시한다니……!"

"오오오, 굉장한데! 적성 레벨 SS라니, 이런 건 나도 처음 봐♪"

윌킨 박사가 기뻐하며 외쳤다.

"바, 방금 자동 포획을 한다지 않았어요……?!"

라피니아의 말대로였다. 이대로 가면 리제롯테가 강제로 포획될지도 몰랐다.

"멈추세요……! 그렇지 않으면……!"

에리스가 날카롭게 경고했다.

"그래, 알았어. 자동 포획 취소! 이 애들은 손님이거든."

윌킨 박사가 지시를 내리자, 깜빡이던 구체가 잠잠해졌다.

방금 윌킨 박사는 잉그리스 일행을 손님이라고 말했다. 반대로 손님이 아닌 자라면 강제로 포획해서 하이랄 메나스로 만들어 버리는 것일까?

대부분은 인간 사냥에 당해서 보내진 자나, 부족한 식재료를 대신해 바쳐진 사람들일 터. 어쩌면 기본적으로 그들 모두에게 적성 검사가 실시되는 걸지도 몰랐다.

세오도어 특사는 지상에 우호적인 편이지만 나라를 전부 감시할 수 있는 건 아니었다.

게다가 이곳 일루미너스와 관계를 맺은 곳이 카랄리아뿐이라고 단정할 수도 없었다.

오히려 윌킨 박사의 말투에는 인간을 강제로 포획하는 것이 당연한 일이라는 뉘앙스가 내포되어 있었다.

"하아, 깜짝 놀랐어요……."

리제롯테가 크게 한숨을 내쉬었다.

"어떻게 할래? 방금 들었다시피 너한테는 엄~청난 재능이 있어. 무려 적성 레벨이 SS인걸. 개조도 반나절…… 아니, 순식간에 끝나버릴걸. 성공 확률도 120%! 무조건 성공할 테니까 한번 되어보지 않을래? 하이랄 메나스!"

윌킨 박사는 눈을 반짝거리며 리제롯테에게 성큼성큼 다가갔다.

"아, 아뇨. 저는 그럴 생각이……. 하이랄 메나스에 걸맞은 공물도 없는걸요……."

"그건 걱정하지 마! 공짜로 해줄게. 이건 거래가 아니니까. 이만한 적성을 가진 사람을 본 적이 없어서 그래. 어떻게 될지 궁금하지 않아? 보답은 가끔 데이터를 보내주는 정도면 충분해.

부탁이야! 앞으로도 평생동안 젊고 귀여운 모습으로 살아갈 수 있어! 신체 능력도 상승해서 훨씬 강해질걸? 응? 응?”

윌킨 박사는 물러날 생각이 없어 보였다.

“마, 말씀은 알겠지만, 지금 바로 결정할 수 있는 문제는 아니라고 생각해요……. 죄송합니다…….”

리제롯테는 도움을 청하듯 에리스를 바라보았다.

“지상의 인간들은 하이랜더분들과 달리 자기 육체를 개조하는 데 익숙하지 않습니다. 아무리 확실한 성공이 보장되더라도 지금까지 쌓아왔던 인간관계와 앞으로의 인생을 크게 바꾸는 결정이에요. 리제롯테 양이 하이랄 메나스가 되길 바란다면 말리지는 않겠지만, 적어도 생각할 시간은 주어야 한다고 생각합니다.”

에리스가 리제롯테와 윌킨 사이에 끼어들며 말했다.

“그렇구나. 음, 어쩔 수 없지. 그래도 마음이 바뀌면 나한테 말해줘.”

굉장히 아쉬워 보이는 윌킨 박사.

“에리스 님……. 고맙습니다.”

“아니야. 신경 쓰지 마.”

에리스가 부드럽게 미소 지었다. 성숙한 여성의 모성이 느껴졌다.

평소 말투는 무뚝뚝한 편이지만 에리스는 상냥한 사람이었다.

“…………”

잉그리스는 그 모습을 보면서 반성했다.

리제롯테가 하이랄 메나스가 된다면 훈련에 도움이 될 거라고 생각했던 자신을.

실패할 걱정이 없다는 이야기를 듣고 살짝 기뻐해 버렸다.

"왜 그래, 크리스?"

라피니아가 잉그리스의 얼굴을 들여다보았다.

"라, 라니……! 아무것도 아니야."

"정말로? 크리스라면 분명 리제롯테가 하이랄 메나스가 되었으면 좋겠다고 생각했겠지. 훈련에 도움이 될 거라면서……! 나한테는 훤히 다 보이거든?!"

"오해야! 약간은 그런 마음이 들었지만, 월킨 박사처럼 절조 없이 들뜨지는 않았어. 나도 리제롯테의 의사를 존중해야 한다고 생각해……!"

"뭐, 틀린 말은 아니네. 이벨처럼 나쁜 녀석이라고 생각했더니, 사실은 좋은 사람……인 줄 알았는데 역시나 나쁜 녀석이라는 인상을 받아버렸어……."

"쉿……! 듣고 계시잖아, 라니……!"

"흥! 이게 다 크리스가 이상한 제안을 해서 그래!"

"씩씩한 아가씨들이네~. 문화 교류도 쉽지 않은걸."

월킨 박사가 전혀 난처하지 않은 얼굴로 뒷머리를 긁적였다.

"어, 어쨌든, 덕분에 제 적성을 알게 되었어요. 귀중한 정보 감사드려요. 언젠가 정말로 하이랄 메나스화가 필요하게 된다면 박사님께 찾아올게요. 그때는 잘 부탁드립니다."

리제롯테가 정중하게 고개를 숙이며 말했다.

"그래, 그래. 기다리고 있을게."

그렇게 대답한 뒤, 월킨 박사는 에리스를 바라보았다.

동시에 에리스의 조사를 끝낸 구체가 월킨 박사의 손바닥 위로 날아왔다.

"그러면 본론으로 돌아가 볼까? 하이랄 메나스인…… 어어, 이름이…… 에리스 군이구나. 상당히 오래된 하이랄 메나스인걸. 사실상 초기형이야. 덕분에 데이터를 해석하는 데 살짝 애를 먹었어. 당시는 아직 적성 조사도 완전히 확립되지 않았던 시기거든. 내가 얼굴을 모를 정도니 말 다 했지. 내가 태어나기도 전에 만들어진 하이랄 메나스야."

"그러고 보니……. 제가 만들어질 당시에는 적성 레벨에 관한 이야기가 없었어요."

"그렇겠지. 그 개념을 창안해 낸 게 나거든."

"흥미로운 이야기네요……! 언제 창안해 내셨는데요?"

"4, 500년 전쯤…… 천지전쟁 무렵이었나?"

천지전쟁. 들어본 적 없는 말이었다.

잉그리스 왕이 전생하고 잉그리스 유크스로 다시 태어나기 이전에 벌어진 사건.

그렇다면 에리스는 그 시대의 인간인 것일까.

"네에……?! 그러면 에리스 씨는 최소 4백 살이 넘었다는 건가요……?"

라피니아가 화들짝 놀라서 외쳤다.

"저, 전혀 그렇게 안 보여요……. 아직도 이렇게 젊은데……."

"하이랄 메나스가 되는 것도 나쁘지 않을지도……."

"그렇게나 많은 시간이 흘렀다는 건 나도 지금 처음 알았어. 어쩐지 세상이 많이 바뀌어 있더라."

에리스는 고개를 들고 어딘가 먼 곳을 바라보았다.

잉그리스도 에리스의 심정이 조금은 이해가 되었다.

여신 아리스티아의 기적으로 다시 태어난 세계는 낯설었다. 잉그리스 왕이 통치하던 시절의 흔적은 아무것도 남지 않았다.

쓸쓸했다. 그리고 그것은 에리스도 마찬가지일 것이다.

하지만 잉그리스는 여전히 디바인 나이트로서 에테르를 다룰 수 있었다.

다른 것들은 변해버렸지만, 과거에 없었던 따뜻한 가족을 만났고, 무엇보다 손녀딸처럼 눈에 넣어도 아프지 않은 라피니아가 곁에 있어 주었다.

잉그리스의 소원대로 극한의 무를 추구하기에는 충분한 환경이었다. 덕분에 잉그리스는 이번 인생을 진심으로 즐기고 있었다. 그것만큼은 분명했다.

하지만 에리스는 어떨까.

에리스가 어떤 경위로 하이랄 메나스가 되었는지는 모른다. 하지만 개조되고 기나긴 시간이 지난 후, 지상에 내려와 지상의 수호신으로 살아간다는 건 절대 쉽지 않았을 것이다.

지금 에리스의 눈에는 세상이 어떻게 보이고 있을까.

"사실 여기서부터가 재미있는 부분인데, 지금의 기준에 맞춰서 에리스 군의 적성 레벨을 책정해 봤어."

"리제롯테처럼 SS레벨이었나요? 에리스 씨라면 되고도 남아요! 저희를 지켜주는 하이랄 메나스인걸요……!"

라피니아가 콧김을 뿜으며 말했다.

"그렇지 않더라고. 반대야, 반대."

""""반대?""""

라피니아와 레오네, 리제롯테가 한목소리로 되물었다.

"그래! 적성 레벨 F! 성공률로 말하자면 10만분의 1 이하……! 지금이라면 이런 시술은 절대로 하지 않아. 사실상 시술자를 죽이는 셈이니까. 아깝잖아. 적성 레벨이 부족하면 다른 일을 시키면 되는데 말이야. 당시라서 몰랐을 가능성도 있지만 정말로 그럴까? 적성이 없다시피 한데도 하이랄 메나스화를 강행하다니, 절대로 평범한 케이스는 아니야. 마치 에리스 군을 죽이려는 목적이 있었던 것처럼 느껴질 정도야."

싱글벙글 웃으며 설명하는 윌킨 박사.

잉그리스도 남 얘기를 할 처지는 아니지만, 듣는 사람에 대한 배려가 전혀 없었다.

"에리스 씨……."

라피니아가 위로하듯 에리스의 이름을 불렀다.

"……그래서요? 제 적성이 낮아서 수리할 수 없다는 뜻인가요?"

하지만 에리스는 전혀 동요하지 않고 되물었다.
그러면서 라피니아의 어깨를 툭 두드렸다.
"걱정하지 않아도 돼. 당시의 내게는 다른 선택지가 없었거든. 결과적으로는 성공해서 지금 여기에 있잖아. 확률이니 뭐니 하는 건 더는 무의미한 이야기야. 신경 쓰지 마."
"그, 그렇네요……."
라피니아가 안도한 표정을 지었다.
"맞는 말이야. 결국에는 성공하면 되는 거니까. 에리스 군은 적성이 낮았던 탓인지 각종 조직의 밀도가 엉성한 편이야. 억지로 하이랄 메나스로 만들어 버린 느낌이랄까. 동급 존재와 겨루면 강도 면에서 뒤처지는 게 당연할지도 몰라."
"……! 그런가요. 역시 그 싸움에서 제가 발목을 붙잡았던 거군요……."
지금껏 흔들리지 않았던 에리스의 얼굴에 분한 감정이 드러났다.
무공 질드그리버와의 대련 당시 무기 대결에서 패배했던 것을 떠올린 모양이었다.
"뭐, 반대로 엉성한 만큼 간단히 수리할 수 있을 거야."
"얼마나 걸릴까요?"
"한 달 정도?"
다소 길기는 하지만 충분히 현실적인 기간이었다.
이렇게 되면 에리스가 수리되기를 기다렸다가 카랄리아로 돌아갈지, 잠시 돌아갔다가 다시 올지 고민해 볼 필요가 있어 보였다.

그런데 불현듯 윌킨 박사가 눈을 반짝이기 시작했다.

"여기서 제안이 있는데……! 1, 2년쯤 연장해서 신기능을 추가해 보고 싶지 않아?"

"신기능……?!"

"맞아……! 확실히 에리스 군은 억지로 만들어진 하이랄 메나스야. 과거 근성론의 유물 같은 존재지! 하지만 그 엉성함을 활용해 볼 수 있을 것 같아. 전화위복이라고나 할까? 요즘 세상에 이런 상태의 하이랄 메나스는 오히려 귀중하거든."

"……칭찬하는 건지 욕을 하는 건지 분간이 가질 않네요."

에리스는 한숨을 푹 내쉬었다.

"당연히 칭찬이지! 결과적으로는 지금껏 존재하지 않았던 하이랄 메나스가 될지도 모르잖아. 에리스 군을 보고 있으면 연구자의 영혼이 불타오르는 기분이야. 어떻게 할래?"

년 단위면 절대 짧지 않은 기간이었다. 하지만 그렇다고 해서 비현실적일 정도는 아니었다.

물론 잉그리스 일행은 한동안 기사 아카데미로 돌아가 있어야 하겠지만.

결국에는 에리스의 의사에 달린 문제였다.

"……어떻게 생각해?"

에리스가 잉그리스에게 물었다.

"……인간 모습인 에리스 씨도 지금보다 강해지는 건가요?"
"그 부분이 신경 쓰이는 거야……?"
"더욱 강해지기 위해서는 강도 높은 훈련이 필요하니까요……! 어때요, 박사님?"
"글쎄……? 그쪽도 강화될 가능성이 있기는 하지만 장담은 못 해. 어디까지나 무기화했을 때의 신기능이니까."
"그렇다면 역시 에리스 씨의 판단이 가장 중요하다고 생각해요."
"……무기화된 내 성능이 올라가면 너도 강해지는 게 아닐까? 어차피 우리를 제대로 다룰 줄 아는 사람은 너밖에 없으니까."
"글쎄요. 제가 적임자라는 건 사실이지만……."
하이랄 메나스에는 사용자의 생명력을 갉아먹어 목숨을 앗아가는 결함이 존재했다. 그리고 잉그리스는 이 함정을 회피할 수 있었다.
특급 마인을 보유한 성기사에게 하이랄 메나스는 목숨과 맞바꿔 강대한 프리즈마를 쓰러트릴 수 있게 해주는 최종 병기였다.
반대로 잉그리스에게는 아무런 부작용도 없는 최강의 무기였다.
다만, 하이랄 메나스는 단순한 무기가 아니라 의지를 가진 묘령의 여성이었다. 그래서 다른 사람의 힘을 빌린다는 생각을 지울 수가 없었다.
하이랄 메나스를 들고 전투에 임하면 잉그리스는 일대일이 아니라 2대 1로 싸우는 기분이 들고 말았다.

다른 방법이 없는 게 아니라면 하이랄 메나스를 들고 싸우는 상황은 되도록 피하고 싶었다.

극한의 무를 추구하겠다는 잉그리스의 신념과 충돌하기 때문이다.

정정당당한 일대일 전투야말로 진정한 싸움이었다.

"아, 그러고 보니 윌킨 박사님. 수리하는 김에 사용자의 생명력을 갉아먹는 하이랄 메나스의 부작용도 제거해 주실 수 없을까요……? 그게 가능하다면 정말로 감사할 텐데……."

만약 부작용을 없애는 것이 가능하다면 레오네와 실바도 에리스를 다룰 수 있었다.

"미안. 기술적으로 어렵겠는걸. 그건 하이랄 메나스의 구조상 불가피한 기능이거든. 게다가 그런 짓을 했다가는 기공님한테 숙청당할 거야. 일루미너스뿐만 아니라 하이랜드의 근간을 뒤흔드는 문제니까."

"그렇군요……."

말투는 부드러웠지만 완강히 거절당했다.

잉그리스가 하이랄 메나스를 사용해 본 바에 따르면 기술적으로 불가능한 것 같지는 않았다.

특급 마인을 경유해 마나를 흡수하는 회로와, 사용자의 생명력을 흡수하는 회로는 각각 독립되어 있다.

그래서 잉그리스의 에테르가 생명력을 흡수하는 회로를 차단

해도 하이랄 메나스는 아무런 문제 없이 무기화가 가능했다.

혈철쇄 여단의 흑가면이 시스티아를 휘두르는 것을 보고 슬쩍 한 기술이었다.

"그럼 역시 에리스 씨의 의사가 중요하겠네요. 다만, 신기능은 환영해도 에리스 씨와 1, 2년이나 훈련할 수 없다는 점은 아쉽네요……. 최근에 와서야 겨우 상대해 주시기 시작했는데……. 저로서는 뼈아픈 결정이에요."

"못 말려. 보통 이런 대목에서는 국가와 세상을 위해서 더욱 강력한 힘을 추구하지 않나?"

"저는 국가와 세상을 위해서 싸우지 않거든요."

잉그리스는 부드럽게 웃으며 단호하게 말했다.

잉그리스 유크스로 다시 태어난 이번 인생에서는 대의나 사상을 위해 강해질 생각이 없었다.

대의를 위해서 강해진다는 말은 힘을 수단으로 삼겠다는 뜻이다. 그것은 극한의 무를 추구하는 자로서 순수한 자세가 아니었다.

다만, 라피니아의 부탁이라면 예외였다.

이 또한 잉그리스 유크스로서의 인생이니까.

"뭐, 너라면 그렇게 말하겠지……. 처음에 만났을 때도 그랬는걸. 변한 게 없구나."

에리스가 한숨을 내쉬며 말했다.

"칭찬해 주셔서 고맙습니다!"

"칭찬 아니야."
에리스가 쌀쌀맞게 대답했다.
"……뭐, 됐어. 라피니아. 너는 어떻게 생각해?"
에리스가 라피니아를 바라보았다.
"저, 저요……?"
"그래. 잉그리스는 네 말이면 다 듣잖아."
"에리스 씨를 휘두르는 나를 라니가 휘두르니까 실질적으로는 라니가 제일 세겠네."
"그건 그렇다 치고…… 저는 찬성이에요! 에리스 씨와 한동안 헤어지는 건 아쉽지만…… 다음에 무공님과 싸울 때 크리스가 지기라도 하면 곤란하니까요……! 크리스가 하이랜드에 시집을 가는 건 싫어요! 크리스는 유미르의 후작 부인이 될 운명이라구요……!"
"나는 결혼할 생각이 없는데……."
"하여튼 더욱 강한 적이 나타났을 때 도움이 될 거예요. 그러니 찬성이에요!"
"그럼 저도 찬성할게요!"
"……그래. 나도 같은 의견이야. 강력한 힘이 있으면 여차할 때 도움이 되니까……. 우선 세오도어 특사에게 보고한 다음에 허가가 떨어지면 진행하기로 하자."
에리스가 년 단위로 부재하게 되면 카랄리아, 특히 성기사단의 활동에 영향이 갈 것이다. 따라서 사전에 보고하고 승인을 받을 필요가 있었다.

그래도 아루루가 카랄리아에 합류했으니 받아들여질 가능성이 컸다.

"들으셨죠, 윌킨 박사님. 박사님이 말씀하신 신기능을 제게 탑재해 주세요."

"알았어! 이야, 오랜만에 즐거워지겠는걸. 자자, 어서 허가를 받아와. 우리도 준비가 필요하거든."

윌킨 박사는 기뻐하며 의자에서 몸을 일으켰다.

그때, 잉그리스가 박사의 등에다 대고 말을 걸었다.

"윌킨 박사님. 죄송하지만 한 가지 더 부탁드릴 게……."

"응? 뭔데?"

"부탁드리기 전에 여쭤볼게요. 혹시 이곳에서 나누는 이야기가 상부에 전달될까요?"

세오도어 특사가 맡긴 또 하나의 임무. 마석수화된 세이린에 관한 내용이었다.

"상부……? 일루미너스에서 나보다 높은 사람은 기공님밖에 없는걸. 그리고 너희도 알다시피 부유 마법진에 문제가 생겨서 현재 침묵 중이시거든. 듣지 못할 거야."

"그러고 보니 다른 연구원분들도 비슷한 말씀을 하시던데……. 기공님이 침묵 중이라는 게 무슨 뜻인가요?"

잉그리스가 물었다. 윌킨 박사의 말이 제대로 이해되지 않았던 것이다.

"이 일루미너스 섬이 기공님 그 자체라는 뜻이야. 정확히 말하면 일루미너스의 각종 제어를 담당하는 시스템이지. 섬 전역이 자동화되어 있어서 편리했지? 전함이 자동으로 조립되거나, 말 한마디로 문이 열리거나, 플라이 기어 원하는 곳으로 날아간다거나. 전부 기공님이 일일이 판단해서 처리해 주시는 거야. 육신을 버리고 시스템이 되어서 우리를 이끌어 주고 계신 거지."

"과연……. 대단한 기술력이라고는 생각했는데, 그렇게 된 거였군요……."

즉, 이곳 일루미너스는 기공이라는 최고급 하이랜더를 중추로 삼아서 세워진 하이랜드라는 이야기였다.

그러니 지금 사태에 연구원들이 당황하는 것도 무리가 아니었다.

윌킨 박사는 태연하기만 했지만.

어쨌든 기공이 듣지 못한다면 잘된 일이었다.

"알겠습니다. 마침 잘됐네요. 실은 비밀리에 드릴 말씀이……."

잉그리스는 그렇게 말하며 레오네에게 눈짓을 했다.

"알았어. 린, 밖으로 나오렴……!"

평상시에 린은 잉그리스 또는 레오네의 가슴 틈에 들어가 있었다.

출렁출렁!

"얘가 또……! 나, 날뛰지 마……! 꺄악!"

지금은 잉그리스가 어린아이의 모습이었기 때문에 레오네가 그 역할을 전담하고 있었다.

◆◇◆

다음 날. 잉그리스 일행은 윌킨 박사의 안내를 받아 중앙 연구소의 지하를 방문했다.

이곳에 하이랄 메나스 제조 시설이 존재한다는 모양이었다.

세오도어 특사에게는 이미 연락을 넣어서 허락받은 상태였다. 덕분에 에리스의 희망대로 윌킨 박사의 시술을 받을 수 있게 되었다.

한 번 시술이 시작되면 1, 2년은 에리스와 만날 수 없었다. 잉그리스 일행으로서는 쓸쓸한 일이 아닐 수 없었다. 그래서 이곳까지 에리스를 배웅하러 나온 것이다.

한편으로는 하이랜드의 중요 기술 중 하나인 하이랄 메나스가 어떻게 탄생하는지도 구경해 보고 싶었다.

"저길 봐. 저게 하이랄 메나스 제조 시설이야."

자연 암석으로 둘러싸인 드넓은 지하 공간.

일루미너스 섬이 어느 지역을 도려내 만들어졌는지는 불명이지만, 지상에 존재했을 당시의 흔적인 듯했다.

그리고 이곳에는 단 하나의 구조물만이 존재하고 있었다.

"저, 저게 뭐야……?!"

"엄청나게 거대한…… 바위 상자?"

"돌로 된 관처럼 생겼네요……."

눈앞의 물체를 굳이 말로 표현하자면 올려다봐야 할 정도로 거대한 석관이었다.

이 넓은 지하 공간에서도 상당한 존재감을 자랑하고 있었다.

"신비한 빛이 일렁거리고 있어……."

레오네의 말대로 석관의 표면에는 희미하고 불안정한 빛이 감돌고 있었다.

"하지만 묘하게 마음이 차분해지는 기분이야. 그리운 느낌도 나고."

"뭔가 아련하네요. 아름다워요."

"…………."

한편 잉그리스는 입을 다문 채 동료들이 하는 말을 듣고 있었다.

그럴 수밖에 없었다.

본 적이 있었기 때문이다. 잉그리스가 왕으로 있던 시절에.

"저건 글레이프릴 석관이라고 해. 에리스 군은 저 안에 들어가서 수리와 개조를 진행하게 될 거야."

"또 저곳에 들어가게 된다니. 다시는 보고 싶지 않았는데……."

에리스가 어깨의 머리카락을 쓸어 올리며 한숨을 내쉬었다.

평소에 잘 하지 않는 행동이었다.

그만큼 에리스도 긴장하고 있다는 뜻이었다.

"……아뇨."

글레이프릴 석관이라니. 그렇지 않았다.

글레이프릴이 인명인지 뭔지는 잉그리스도 알지 못했다.

하지만 저것은 하이랄 메나스를 만들기 위한 물건이 아니었다.

'저건 틈새의 석문! 설마 이곳에서 다시 보게 될 줄이야……!'

잉그리스는 경악을 금치 못했다.

저것은 고대의 신이 만들어 낸 훈련장이다.

여신 아리스티아는 '틈새의 석문'이라고 불렀다.

아리스티아의 가호를 받아서 막 디바인 나이트가 되었을 무렵, 전생의 잉그리스는 이곳을 방문한 적이 있었다.

디바인 나이트가 되었다고 해서 곧바로 에테르를 자유자재로 다룰 수 있는 것은 아니다.

에테르 스트라이크와 에테르 셸을 익히는 것만으로도 몇 년의 수행이 필요했다.

하지만 당시는 난세였다. 인간들이 전쟁을 벌이고, 마물과 마신들이 폭거를 저질렀다.

디바인 나이트가 된 청년이 몇 년간 느긋하게 수행이나 하고 있을 상황이 아니었다.

그래서 여신 아리스티아는 잉그리스를 틈새의 석문으로 인도했다.

틈새의 석문은 이 세상에서도 불안정한 존재였다. 그래서 위치도 늘 바뀌었으며, 시간의 흐름도 외부와 단절되어 있었다.

그래서 외부인이 보기에 틈새의 석문은 완전히 밀봉되어 있었다. 하지만 신이나 그에 준하는 디바인 나이트라면 입구를 여는 것이 가능했다.

또한, 한 번 안으로 들어가면 내부에서 문을 여는 것은 불가능했다. 잉그리스도 여신 아리스티아의 도움을 받아서 밖으로 나와야 했다.

당시 청년이었던 잉그리스는 이곳에 틀어박혀 에테르를 체득할 때까지 수련을 거듭했다. 기본적인 기술들을 습득하기까지는 몇 년이라는 세월이 걸렸다. 그런데 수련을 마치고 밖으로 나오자, 바깥세상은 며칠이라는 시간밖에 흐르지 않은 상태였다. 젊은 날의 기억이었다.

잉그리스는 왕위에 앉아있던 시절에도 이곳을 한번 방문해 보고 싶었다. 하지만 자신의 입장과 세계의 정세가 그것을 허락하지 않았다. 결국 죽음을 맞이할 때까지 기회를 얻지 못했다.

하지만 지금은 잉그리스에게 필수적인 시설이라고 말하기 힘들었다. 들어가 봤자 다른 사람들보다 나이만 많아져서 나올 것이다.

이곳은 짧은 시간 내에 강해지고 싶거나, 바쁜 와중에도 짬을 내서 수행하고 싶은 경우에만 쓸모가 있는 수련장이었다.

왕위에서 해방된 잉그리스 유크스에게는 우선도가 높지 않았다.

"신비롭지? 저게 왜 빛나는지는 아직 알아내지 못했어."

"하이랜드의 기술력으로도 말인가요……?"

"굉장하네요……."

레오네와 리제롯테가 윌킨 박사의 말에 답했다.

마나에 초점을 맞추고 분석했다면 성과가 없을 수밖에 없었다.

저 거대한 석관에 감도는 빛은 에테르의 빛이었다.

애초에 저 바위 자체가 신이 만들어 낸 신기나 다름없었다.

그것을 불안정한 환경에서 도려내 지금 이곳에 고정해 놓은 것이다.

하지만 도대체 어떻게? 무슨 일이 있었길래 하이랄 메나스의 생산 시설로 변모한 것일까.

그나저나 신룡 후페일베인도 그렇고, 이 틈새의 석문도 그렇고 최근 들어서 잉그리스 왕이 보았던 것들이 자주 등장한다는 느낌이 들었다.

"크리스……? 왜 그래?"

"아, 아무것도 아냐……!"

"……또 뭔가 못된 계획을 세우고 있는 거지?"

"아니래도. 정말로 아무것도…… 앗."

문득 한 가지 아이디어가 떠올랐다.

상당히 괜찮은 아이디어였다. 잘하면 지금의 상황을 개선할 수 있을지도…….

"왜? 뭔데?"

"그게……. 안으로 들어가 보고 싶어져서."

"그것 봐! 역시 못된 계획을 세우고 있었잖아……!"

두 사람의 대화를 들었는지 월킨 박사가 쓴웃음을 지었다.

"아무리 그래도 그건 허락하기 어렵겠는걸. 안으로 들어가는 건 에리스 군까지만 해줘. 이물질이 들어가서 무슨 일이라도 생기면 큰일이거든. 더 이상 하이랄 메나스를 생산하지 못한다고 생각해 봐. 세상이 멸망할 거야."

"네, 죄송합니다……! 제가 단단히 붙잡고 있을게요!"

라피니아는 잉그리스를 덥석 안아 들었다.

잉그리스는 어미 고양이에게 옮겨지는 새끼 고양이처럼 끌려가고 말았다.

"잘 좀 부탁해~."

월킨 박사가 빙그레 웃으며 라피니아에게 당부했다.

사실 잉그리스도 허락할 것이라는 기대는 하지 않았다.

그렇다고 억지로 강행했다가 하이랜드와 적대 관계가 되면 또 곤란했다.

현재 잉그리스 일행의 행동은 카랄리아를 대변한다고 해도 과언이 아니었다.

그러니 언젠가 기회가 생기면 도전해 보기로 했다.

막상 그때가 되면 안으로 들어갈 필요가 없어질지도 모르지만.

이런저런 대화를 나누는 사이, 어느새 잉그리스 일행은 거대한 석관 앞에 도착해 있었다.

"여기까지 오긴 했는데…… 입구가 없네요?"

"아아. 입구를 열려면 관리자 자격이 있어야 하거든. 지켜보고 있어."

월킨 박사는 오른손의 장갑을 벗더니 석관의 표면에 손을 얹었다.

"……!"

잉그리스는 그 손에서 위화감을 느꼈다.

기본적으로 월킨 박사의 외모는 교주련의 이벨과 매우 흡사했다.

하이 마나코트라고 불리는 소년의 육체를 사용하고 있기 때문이었다.

하지만 겉으로 드러난 박사의 오른손은 건장한 성인 남성의 손을 연상시켰다. 손이 비정상적으로 커서 위화감이 느껴졌던 것이다.

그리고 그 어른의 오른손은 희미한 빛에 휩싸여 있었다.

틈새의 석문과 동일한 종류의 빛. 즉, 에테르였다.

그렇다면 저 손은 신이나 디바인 나이트의 육신이라는 뜻이었다. 그들의 신체 일부를 잘라서 하이 마나코트에 이식한 것으로 보였다.

현재, 이 세계에서는 신의 기척이 느껴지지 않았다.

디바인 나이트도 잉그리스와 혈철쇄 여단의 흑가면을 제외하면 찾아볼 수 없었다.

하이랜드와 하이랜더가 그 원흉인 것일까?

이들이 신과 디바인 나이트를 멸망시키고 이용한 것일까?

"후후후……."

잉그리스의 입가가 자기도 모르게 말려 올라갔다. 몹시 귀엽고 천진난만한 미소였다.

만약 하이랜드가 신들과 디바인 나이트를 멸망시켰다면 그에 걸맞은 힘을 보유하고 있을 것이다.

예를 들어 무공 질드그리버라면 잉그리스보다 약한 신이나 디바인 나이트 정도는 쓰러트릴 수 있을 것이다.

하지만 모든 신을 쓰러트릴 수 있느냐고 묻는다면 그건 아니었다.

만약 하이랜드의 종합적인 전투력이 당대의 신들을 웃돈다고 가정한다면, 하이랜드에는 질드그리버 외에도 그에게 필적하거나 뛰어넘는 전력이 존재할 것이다.

이들을 하나둘씩 끌어내 싸울 생각을 하니 주먹이 근질거렸다.

이 세계에는 아직도 많은 수수께끼가 남아있었다. 낭만이 있었다.

"응? 뭔가 즐거운 일이라도 있었어?"

"아뇨. 꽤나 독특한 취미를 갖고 계신 것 같아서요."

"그래? 반짝반짝 빛나서 예쁘지?"

싱글벙글 웃으며 말하는 윌킨 박사.

이윽고 윌킨 박사의 오른손에서 소용돌이치듯 에테르의 문양이 뻗어 나가 외벽에 구멍을 내기 시작했다.

"구멍이 뚫렸어……! 굉장하다……!"

"이렇게 두꺼운 바위가 간단히……."
"이 안쪽에 하이랄 메나스를 만드는 설비가 존재하는 걸까요?"
석관이 워낙 두꺼워서 안쪽의 모습을 확인하긴 힘들었다.
원기둥 모양의 그림자가 잔뜩 보일 뿐이었다.
"어이쿠. 여기서부터는 나와 에리스만 갈게. 너희는 여기서 기다려 줘. 사고라도 발생하면 큰일이니까. 한 번 입구가 닫히면 안에서는 열지 못하게 되어있거든. 자칫하면 나오지 못하고 비쩍 마른 미라가 되어버릴 수도 있어."
"윽……?"
"비쩍 마른 미라……!"
라피니아와 레오네의 얼굴이 확 구겨졌다.
"실제로 안에는 실수로 빠져나오지 못한 백골 시체가 굴러다니고 있거든."
"듣기만 해도 무시무시하네요……."
리제롯테도 같은 반응을 보였다.
"입구가 열려있는 동안에는 외부와 연결되어 있지만, 닫히면 완전히 단절돼서 이공간이나 다름없는 상태가 돼. 시간의 흐름까지 달라질 정도지. 안에 갇힌 사람이 백골이 되어버리는 건 이쪽 기준으로 순식간이야."
"어, 그러니까…… 안쪽의 시간이……."
"바깥의 시간보다 훨씬 빠르게 흐른다는 뜻이네."
"네. 레오네의 말대로예요."

"맞아! 그 말을 하려고 했어!"

라피니아가 열심히 고개를 끄덕였다.

"라니……? 제대로 이해한 거 맞아?"

"무, 물론이지!"

잉그리스는 보호자로서 라니의 말이 사실이길 바랄 따름이었다.

라피니아도 이제 16살이다. 주변의 대화를 따라갈 정도의 지성은 갖췄으면 했다.

"맞아. 하이랄 메나스를 만드는 건 길고도 지루한 작업이거든. 이런 시설이라도 이용하지 않으면 기다리는 쪽의 수명이 다하고 말 거야. 아무리 대단한 무기라도 사용할 사람이 죽어버리면 아무런 소용이 없잖아?"

"……과연. 원래는 엄청난 시간이 요구되는 마법적 시술도 이 석관만 있으면 실용적인 수준에서 운용할 수 있다는 뜻이군요."

시술의 구체적인 내용은 불명이지만, 이 정도면 틈새의 석관을 상당히 유용하게 활용하고 있다는 생각이 들었다.

여신 아리스티아를 비롯한 신들은 이곳을 훈련장으로 삼았다.

하지만 또 다른 이용법을 고안해 낸 자가 나타난 것이다.

신들과는 완전히 다른 발상이었다.

어떤 시술이 행해지는지도 견학해 보고 싶었지만, 아무래도 그건 어려워 보였다.

옆에서 관찰시켜 준다면 후학을 위해서도 도움이 될 텐데.

"그렇지. 그래서 이 석관 자체가 엄청나게 귀중한 유물이야. 우리 기술로도 아직 복제할 엄두를 내지 못하고 있거든. 하이랜드의 마법과 마인무구로 만들어 내는 간단한 이공간 따위와는 차원이 다르지. 이 안쪽은 완전하게 독립된 또 하나의 세계라도 봐도 무방할 정도야."

"석관은 이거 하나밖에 없나요?"

"아니. 여기에 있는 게 전부는 아니야. 어디에 몇 개가 있는지는 기밀이지만."

"그렇군요."

윌킨 박사의 말투로 보건대 교주련 측도 최소 하나의 석관은 보유하고 있을 것이다.

에리스는 삼대공파, 리플과 아루루는 교주련 측에 소속된 하이랄 메나스였다. 2대 세력에서 각각의 하이랄 메나스를 제작해 지상에 하사하고 있으니 잉그리스의 추측이 맞을 것이다.

"자, 설명은 여기까지. 슬슬 가볼까, 에리스 군."

"네……. 다들, 내가 없는 동안에 리플을 잘 부탁해. 아루루와 라파엘, 그리고 카랄리아도……."

에리스가 잉그리스 일행을 돌아보며 말했다.

"네! 알겠어요, 에리스 씨!"

라피니아가 가장 먼저 씩씩하게 대답했다.

"온 힘을 다해서 지켜낼게요, 에리스 님……!"

"안심하고 회복에 전념해 주세요……!"

레오네와 리제롯테도 등을 꼿꼿이 펴고 대답했다.

가장 기운이 없는 사람은 잉그리스였다.

"하아……. 어쩔 수 없다고는 하지만 에리스 씨하고 1, 2년이나 대련할 기회를 잃게 되다니. 막대한 손해네요. 아아, 아까워라……."

"못 말려……. 너는 정말 한결같구나. 뭐, 무사히 돌아오면 빼먹은 만큼 훈련에 어울려 줄게. 그러니까 그런 표정 짓지 마. 괜히 죄책감 들잖아."

에리스는 불편한 얼굴로 라피니아에게 안겨있는 잉그리스를 바라보았다.

"그러고 보니 에리스 씨는 아이들을 좋아했었지. 자, 여기요!"

라피니아가 웃는 얼굴로 잉그리스를 건네주었다.

"그래도 1, 2년 뒤면 원래대로 돌아올 테니까 마지막으로 안아보세요!"

"그, 그럴까……? 고마워."

미소 지으며 잉그리스를 받아 드는 에리스였다.

"약속이에요, 에리스 씨……! 복귀하시면 저하고 잔뜩 훈련해주셔야 해요……!"

"그래, 그래. 알았어. 너야말로 더욱더 실력을 키워놓도록 해. 뭐, 굳이 내가 당부할 필요도 없겠지만."

에리스가 잉그리스를 꼭 껴안아 주었다. 그러자 어머니인 세레나나 라피니아와는 또 다른 고귀한 꽃향기가 났다.

"……다녀올게. 다들 건강히 지내."

잠시 후, 에리스는 잉그리스를 내려놓고 뒤로 돌아섰다.

윌킨 박사와 함께 글레이프릴 석관 안으로 걸어가는 에리스.

"""네……!"""

잉그리스 일행은 힘차게 고개를 끄덕이며 에리스의 뒷모습을 바라볼 수밖에 없었다.

제3장 ◆ 16세의 잉그리스 바다 위의 하이랜드 3

그로부터 며칠 뒤.

잉그리스 일행은 절해의 고도로 변한 일루미너스 섬의 해안가에 있었다.

말이 좋아 해안이지, 평소에 하늘을 날아다니는 하이랜드 입장에서는 분통이 터지는 상황일 것이다.

어쨌든 이번 사건으로 공중전함의 발착장이 부두처럼 변하는 바람에 물놀이를 하기에는 제격이었다.

"좋았어! 가라, 레오네!"

"힘내요, 레오네!"

"하, 한번 해볼게……!"

라피니아와 리제롯테, 레오네가 차례대로 외쳤다. 세 사람 모두 수영복 차림이었다.

물론, 하이랜드에 와서 해수욕을 할 것이라고는 누구도 생각하지 못했다.

따라서 일행이 입고 있는 수영복은 전부 라피니아가 손수 제작한 것이었다. 물놀이를 가자고 제안한 것도 라피니아였다.

잉그리스 역시도 유아용 수영복을 입고 있었다.

수면에 비치는 자기 모습이 마치 천사처럼 귀여웠다.

멍하니 수면을 바라보던 잉그리스는 문득 이런 생각이 들었다.

어른으로 돌아간 자기 수영복 차림도 보고 싶다고.

싱싱하고 매력적인 그 모습은 감상하는 보람이 있을 것이다.

모처럼 바다에 왔으니 어른의 매력을 즐기고 싶어지는 것도 무리가 아니었다.

그래서 지금의 모습이 약간은 아쉬웠다.

일단은 원래의 몸으로 돌아갈 것을 대비해서 어른용 수영복도 만들어 놓은 상태였다.

"자, 크리스도 레오네를 응원해 줘!"

라피니아가 말했다. 참고로 라피니아는 한 팔로 린을 끌어안고 있었다.

윌킨 박사에게 부탁해 린을 되돌릴 수 있는지 알아보려 했지만, 기공이 침묵한 지금 자세한 조사는 어렵다는 답변을 받았다. 기공의 시스템에서 독립된 하이랄 메나스와는 경우가 달랐던 것이다.

에리스의 신기능 탑재가 시작되었으니 다른 용건이 없었다면 잉그리스 일행은 일찌감치 기사 아카데미로 돌아갔을 것이다. 1, 2년 동안 하이랜드에서 기다릴 수는 없기 때문이다.

한편으로는 봉마기사단의 동향도 마음에 걸렸다. 봉마기사단은 잉그리스 일행이 하이랜드로 떠난 직후에 알카드로 향했다. 필요하다면 합류하는 것도 고려할 생각이었다.

어쨌든, 당장의 목표는 린을 원래대로 되돌리는 것이었다. 일루미너스 섬이 복구되기를 기다렸다가 윌킨 박사를 다시 찾아갈 예정이었다.

그래서 이렇게 해수욕을 하면서 대기 중인 것이다.
일단은 마석수가 나타나면 격퇴를 돕겠다는 조건으로 하이랜드에 머무는 것을 허락받았다.
기공이 침묵 중인 일루미너스는 현재 예비 동력으로 버티는 중이었다.
하지만 그로 인해서 프리즘 플로를 감지하는 강우 예보 시스템과 방어 결계가 꺼진 상태였다. 심지어 섬을 이동시키는 것도 불가능했다.
즉, 방어력이 크게 저하된 위험한 상황이었다. 그래서 빌마도 잉그리스 일행의 협력에 감사를 전했다.
그건 그렇다 치고……. 잉그리스는 레오네를 바라보았다.
수영복 차림의 레오네는 잉그리스 이상으로 풍만한 가슴을 과시하고 있었지만, 지금은 그게 중요한 게 아니었다.
오른손에는 평소에 사용하는 검은색 대검.
왼손에는 라피니아의 마인무구인 빛의 활.
그리고 등에는 리제롯테의 할버드.
세 사람의 마인무구를 장비하고 있었던 것이다.
"걱정 마. 지금의 레오네라면 전부 사용할 수 있어. 힘내."
윌킨 박사에 의해 다시 새겨진 특급 마인.
지금도 레오네의 손등에는 무지개색의 은은한 빛이 감돌고 있었다.
특급 마인을 보유한 자는 무기화한 하이랄 메나스뿐 아니라 모든 종류의 마인무구를 다룰 수 있었다.

세 종류의 마인무구를 동시에 운용하는 것도 가능할 터였다.

그래서 해수욕을 온 김에 시험해 보기로 했다.

"알았어…… 해볼게……!"

레오네가 진지한 표정으로 도전에 임했다.

차림새는 딱히 진지하지 않았지만.

"……날개여!"

레오네의 등에 순백의 날개가 나타났다.

날개는 힘차게 펄럭이며 레오네의 몸을 공중으로 올려보냈다.

"꺄악……?!"

처음 사용해 본 탓인지 무게중심이 위태롭기는 했지만, 큰 문제는 없어 보였다.

"이렇게……? 이렇게 하면 되나……?"

레오네는 금방 적응하여 안정된 움직임을 보였다.

이윽고 공중에 정지한 레오네는 샤이니 플로를 움켜쥐었다.

"빛의 활……! 라피니아처럼 정교하게 노릴 수는 없지만……! 난사하면 어떻게든 되겠지……!"

레오네는 수면을 향해서 활시위를 당겼다.

손아귀 안에 만들어진 빛의 화살이 점점 더 크기를 늘려 나갔다.

그렇게 굵직한 빛의 화살이 완성되었고, 레오네는 화살을 발사하며 큰 소리로 외쳤다.

"퍼져라!"

그러자 빛의 화살이 무수히 분열되어 쏟아져 내리기 시작했다.

라피니아의 마인무구도 어느 정도 재현이 가능한 모양이었다.

대신 라피니아는 분열된 화살의 궤도를 조작하거나, 견제와 양동 작전에 사용하는 등 뛰어난 제어력을 갖추고 있었다.

레오네가 발사한 빛의 화살들이 해수면을 두드리며 거친 물보라를 일으켰다.

시끄러운 물소리가 잦아들고 몇 초가 지났다.

무언가가 하나둘씩 수면으로 떠오르기 시작했다.

바로 상당한 수의 물고기였다.

레오네는 공중에서 물고기 떼를 포착해 샤이니 플로를 쏟아부은 것이다.

특급 마인의 훈련 겸 식재료 확보였다.

"우와, 저렇게나 많이……! 완벽했어, 레오네!"

"훌륭해요!"

"고마워. 특급 마인은 정말로 모든 마인무구를 사용하는 게 가능하구나. 굉장해……! 앗, 일단 물고기부터 챙겨야지……!"

레오네는 수면 위로 내려가 대검을 넓게 확대시켰다. 그러고는 그 넓은 면적을 이용해서 수면에 뜬 물고기들을 건져 올렸다.

육지로 돌아와 잡은 물고기의 숫자를 세어보니 스무 마리쯤 되었다.

"와! 맛있겠다! 갓 잡은 바닷고기♪"

라피니아가 두 눈을 반짝이며 두근거리는 목소리로 말했다.

"바다에 사는 물고기는 별로 먹어본 적이 없어서 기대되는걸."

"응! 유미르는 내륙인 데다, 왕도도 바다와는 멀리 떨어져 있으니까. 바다에 사는 물고기는 역시 짠맛이 나겠지? 바닷물 속에 살고 있잖아."

"아뇨. 그렇게 큰 차이는 없어요."

리제롯테가 말했다.

"참. 리제롯테의 고향인 시아로트는 서해안 지방의 도시였지?"

잉그리스의 말에 리제롯테가 고개를 끄덕였다.

"네. 이 생선들은 시아로트에서도 곧잘 잡히는 편이에요. 다만, 먼바다에서 잡아서 그런지 상당히 크고 팔팔하네요. 맛있어 보여요."

"라니. 우선은 불부터 피우자."

"오오! 굽자! 아, 레오네는 조금만 더 잡아다 줄래? 이것만으로는 부족하거든."

"이걸로도 모자라구나…… 아하하하……."

"이곳의 물고기가 전멸하진 않을까 걱정이네요……."

"괜찮아. 바다는 이렇게 넓은걸! 우리를 너그럽게 포용해 줄 거야……!"

"그러게. 왕도의 볼트 호수에서는 별로 잡지 못했지. 어부 아저씨들한테서 민원이 올라오니까……. 하지만 바다라면 마음껏 잡을 수 있어!"

"하아. 시아로트의 어휘량에 악영향이 가지 않았으면 좋겠네요……."

참고로 이곳은 카랄리아의 서쪽에 위치한 대양 한복판이었다.

이곳으로 오는 도중에 리제롯테의 출신지인 아르시아 공작령과 시아로트의 상공을 통과하기도 했다.

"자, 라니. 얼른 불을 피우자."

"알았어! 꼬치구이, 꼬치구이♪"

잉그리스와 라피니아, 리제롯테가 고기를 굽고 레오네가 물고기를 사냥했다.

얼마 지나지 않아 해안가는 노릇노릇한 냄새로 가득해졌다.

하늘은 맑았고, 주변을 둘러싼 바다는 푸르렀다. 하지만 이토록 개방적인 광경이 펼쳐져 있음에도 일루미너스의 대도시는 여전히 정적에 휩싸여 있었다.

현재 주민들 대부분은 지하의 피난 시설에서 생활하고 있었다.

갑작스러운 프리즘 플로와 마석수의 습격에 대비하기 위해서였다.

하이랜더가 프리즘 플로를 맞으면 마석수로 변해버린다.

잉그리스 일행의 입장에서는 이 드넓은 바다를 독점하는 기분이라 썩 나쁘지는 않았지만.

"잘 먹겠습니다!"

"라니. 꼬치를 그렇게 잔뜩 들고 있으면 오히려 먹기 힘들어."

"하지만 꼬치구이가 도망갈까 봐 걱정되는걸!"

와구와구! 우걱우걱!

애초에 잉그리스의 잔소리를 순순히 들을 라피니아가 아니었다.

라피니아의 각 손에 3개씩 들려있던 생선 꼬치가 눈 깜짝할 사이에 뼈만 남아버렸다.

"그허케 마해서 머흐 혹도흘 느후혀는 거 하 알거흔……?! (그렇게 말해서 먹는 속도를 늦추려는 거 다 알거든……?!)"

"그헐 행각 업었허……! (그럴 생각 없었어……!)"

잉그리스도 질 수 없다는 듯이 한 손에 두 개의 꼬치를 들고 있었다.

하지만 몸이 작아져서 그런지 라피니아의 먹는 속도를 따라잡긴 힘들었다. 평소에는 호각을 다투었건만.

그럼에도 눈 깜짝할 사이에 생선 뼈로 이루어진 산이 만들어졌다.

""레오네! 더 갖다 줘!""

빙그레 웃으며 요구하는 두 사람.

"그래, 그래. 알았어. 또 잡아올게……."

수영복 차림의 레오네가 한숨을 내쉬며 말했다. 그런데……레오네의 가슴골에 린이 없었다.

"어라? 레오네, 린은?"

"응? 어라……? 없네. 어디로 갔지?"

"그, 글쎄요? 저도 잘……."

"앗, 저기 있다."

잉그리스가 뒤쪽을 가리켰다.

린은 어느새 레오네의 가슴골에서 빠져나와 근처의 작은 건물로 들어가려 하고 있었다.

"린……! 어딜 가는 거야……?"

라피니아가 린을 불러 세우려던 그때였다.

"우와아앗……?! 뭐, 뭐야, 이 녀석……?!"

건물 안에서 화들짝 놀란 소년의 목소리가 들려왔다.

"……?! 안에 누가 있나……?!"

잉그리스 일행이 건물로 들어가자, 이마에 성흔이 새겨진 남자아이가 있었다.

"……하이랜더 소년……?"

라피니아의 말대로였다.

겉으로 보이는 나이는 아리나와 비슷했다.

10살 정도일까? 지금의 잉그리스보다는 조금 더 연상으로 보였다.

소년의 머리카락은 파란색이었고, 총명해 보이는 생김새를 하고 있었다.

"아, 안녕하세요……."

적의는 없는지 소년이 먼저 인사해 왔다.

다소 경계심이 묻어나기는 했지만, 이 정도는 어쩔 수 없었다.

한편, 붙임성 좋은 라피니아가 이런 상대를 환영하지 않을 리

없었다.

"안녕! 내 이름은 라피니아야! 이거 먹을래?"

환하게 웃으며 생선 꼬치를 건네는 라피니아.

"……라니. 그거 뼈밖에 안 남았어."

"아앗?! 내 실수……! 어어, 그럼 이걸로……!"

"그것도 뼈밖에 없는데……? 죄다 먹고 남은 거잖아."

그래서 레오네한테 더 잡아다 달라고 부탁한 참이건만.

"으윽……! 잠깐만 기다려 봐. 어디 보자…… 이름은? 뭐라고 부르면 돼?"

"마, 마이스……입니다."

마이스는 다소 기죽은 눈치였지만 라피니아는 미소를 지으며 대화를 이어갔다.

그리고 잠시 후.

"맛있어요……!"

마이스가 환한 얼굴로 말했다. 마이스의 두 손에는 레오네가 잡아 온 생선 꼬치가 쥐어져 있었다.

"음음, 맛있네♪ 역시 생선은 갓 잡은 게 최고라니까!"

"그나저나 물고기는 이렇게 아름다운 모습을 하고 있군요. 그림이나 책으로밖에 본 적이 없거든요……."

"어? 생선을 처음 먹어봐?"

마이스의 감상에 화들짝 놀라는 라피니아.

"먹어본 적은 있지만 하이랜드에 사는 저희가 보는 건 조리된 모습뿐이라서요…….”

“그러고 보니 식사 때 나온 생선은 전부 토막 나 있었네. 가시도 발라져 있었고.”

잉그리스가 하이랜드에 와서 했던 식사를 떠올리며 말했다.

“네, 맞아요……! 책에서 물고기를 보기는 했지만, 실제로는 접시에 올라온 생선 토막이 바다를 헤엄치고 다니는 게 아닌가 의심했거든요……. 하지만 책에 적힌 내용이 사실이었어요. 물고기는 정말로 아름다운 생물이네요!”

생선을 먹어서 긴장이 풀렸는지 마이스가 천진난만하게 웃어 보였다.

“나도 그렇게 생각해! 잔뜩 먹고 무럭무럭 자라야 한다!”

“한 마리 더 줄게. 받아, 마이스.”

라피니아와 잉그리스는 그렇게 말하며 마이스의 몇 배에 달하는 속도로 구운 생선들을 먹어 치워 나갔다.

“하하하……. 두 분만큼 먹기는 어려울 것 같네요. 몰랐어요. 지상에 사는 분들은 식성이 엄청 좋으시군요…….”

마이스는 당혹스러운 얼굴로 잉그리스에게서 생선 꼬치를 받아 들었다.

“아니, 그건 오해야! 이 두 사람이 특별한 거라구.”

“마, 맞아요……! 착각하시면 곤란해요……!”

“그, 그렇군요. 지상인분들과 만나는 게 처음이라 이게 보통인 줄 알았어요…….”

"……우리도 함께 있어서 다행이네."

"네. 하마터면 잘못된 인식을 심어줄 뻔했어요……."

레오네와 리제롯테가 안도하며 가슴을 쓸어내렸다. 하지만 마이스는 약간 아쉬운 모양이었다.

"그랬구나. 책과 학교에서도 가르쳐주지 않는 새로운 발견이라고 생각했는데, 그건 아니었나 보네요."

"흐헌데 마이흐, 어해서 더고해 이혔던 거하? (그런데 마이스, 어째서 저곳에 있었던 거야?)"

라피니아가 우물우물 생선을 먹으며 마이스에게 물었다.

식사 예절은 어디에 두고 온 건지. 누나뻘이라는 자각이 없는 모양이었다.

"뭐, 뭐라고 하신 건가요……?"

"라니는 '그런데 마이스, 어째서 저곳에 있었던 거야?'라고 말했어."

"굉장하다……! 지상인은 입에 음식물이 잔뜩 들어있는 상태에서도 대화가 가능하군요……!"

"잠깐, 그것도 오해야……! 이 두 사람이 이상한 거라구!"

"어휴! 모범을 보이세요, 둘 다……! 마이스 씨한테 악영향을 미치고 있잖아요!"

리제롯테의 잔소리가 날아왔다.

"알았허……! 꿀꺽! 미안해, 너무 맛있어서 그만."

"……나는 딱히 잘못한 것도 없는데."

잉그리스까지 덩달아 혼나고 말았다.

"뭐, 나랑 크리스는 한 몸이나 마찬가지잖아."

라피니아가 잉그리스의 머리를 툭툭 두드리며 얼버무렸다.

"알았어. 라니."

잉그리스는 라피니아의 보호자이기도 했다.

그래서인지 라피니아와 관련된 일이면 너그러워지는 경향이 있었다.

"그래서? 어떻게 된 거야, 마이스?"

"하이랜드의 주민들은 다들 지하로 피난을 갔다고 했지?"

"레오네의 말대로예요. 프리즘 플로가 내리면 위험하다고……. 혹시 멋대로 뛰쳐나온 건가요?"

"마, 맞아요……. 실은 무슨 일이 있어도 제 눈으로 지상을 보고 싶었거든요……! 육지가 아니라 바다이기는 하지만, 그래도 꼭 보고 싶었어요……! 바다로 내려오니 똑같은 일루미너스 섬인데도 전혀 다르네요! 풍경도, 냄새도 전부 새로워요……! 세상이란 참 넓군요……!"

지적 호기심이 충족되어 굉장히 흥분한 마이스였다.

"아하하……. 즐거워 보여서 다행이기는 한데, 그래도 멋대로 밖에 나오면 위험하지 않을까?"

라피니아의 지적에 마이스는 고개를 숙였다.

"맞아요. 나중에 혼나겠죠. 하지만 어차피 혼날 거라면 조금만 더 돌아다녀 보고 싶어요! 어른들한테는 말하지 말아주세요……! 꼭 집으로 돌아갈 테니까요……!"

"어쩔 수 없네. 조금만이다? 아, 그리고 우리한테서 너무 떨어지지 않도록 해."

"고맙습니다, 라피니아 씨!"

마이스의 얼굴이 확 밝아졌다.

"라피니아, 그렇게 간단히 허락해도 될까? 다른 하이랜더들이 피난을 간 건 그만한 이유가 있어서일 텐데……."

"맞아요. 무슨 일이라도 당하면……."

"그래서야. 우리가 옆에 붙어있는 편이 더 안전하잖아? 프리즘 플로가 내리면 위험하겠지만, 우리는 맞아도 멀쩡하니까 지켜줄 수 있을 거야. 여차하면 몸으로 막아줘도 되고."

실제로 프리즘 플로가 내린다면 굳이 그렇게까지 할 필요는 없을 것이다. 예를 들면 레오네가 대검을 크게 만들어 우산 대용으로 사용하는 방법도 있었다.

물론 나머지 일행들은 비를 피하기 어렵겠지만, 다들 평범한 인간이라서 아무런 영향이 없었다.

"게다가 하이랜드에 사는 어린애랑도 대화를 나눠보고 싶지 않아? 마침 마이스도 우리들과 함께하고 싶다잖아."

"마이스는 그런 말을 한 적 없어, 라니."

"아뇨! 함께해도 괜찮다면 함께할래요! 지상인과 대화할 기회는 좀처럼 없는걸요. 지상에 사는 여자들은 다들 라피니아 씨나 레오네 씨, 리제롯테 씨처럼 예쁜 건가요?"

마이스가 천진난만한 태도로 물었다. 딱히 다른 의도는 없어 보였다.

"응? 꺄악, 마이스도 참. 아부할 줄도 아는구나♪"

라피니아가 쑥스러워하며 마이스의 등을 찰싹찰싹 두드렸다. 덕택에 마이스는 살짝 체한 모양이었다.

"……뭐, 잠깐 정도라면 괜찮겠지."

"그렇네요……. 다른 문화권의 사람과 대화해 보는 건 좋은 경험이니까요."

레오네와 리제롯테도 마냥 싫지만은 않은 눈치였다.

일행의 의견이 라피니아에게 찬성하는 쪽으로 기울어졌다.

"그런데 마이스. 정말로 지상인을 처음 보는 거야? 이곳에는 지상인이 없나?"

하이랜드에는 지상에서 데려온 노예들이 있다고 들었다. 마이스는 그들을 한 번도 본 적이 없는 것일까?

돌이켜 보면 중앙 연구소에도 지상인은 없었다.

물론, 하이랜드에서도 특별히 우수한 연구원들이 모이는 곳이라고 생각하면 납득하지 못할 건 없었다. 하지만 다른 장소는 어떨까.

"예전에는 있었다고 들었어요. 하지만 그건 옳지 못한 일이잖아요. 저는 없어져서 다행이라고 생각해요……."

"옳지 못한 일이라니?"

"그건……."

"노예로 끌려와 심한 대우를 받았다는 뜻이지?"

잉그리스가 말하기 힘들어하는 마이스를 대신해 이야기했다.

""""……!"""

다른 일행들이 숨을 삼켰다.

"맞아요……. 그래서 일루미너스 사람들은 남의 도움을 받지 않아도 편리하게 지낼 수 있도록 기공님과 함께 고민해 왔어요. 저도 이게 옳은 방향이라고 생각해요. 제가 편하자고 다른 사람을 고생시키는 건 잘못되었으니까요. 만약 제 부모님이나 친구가 누군가를 힘들게 했다면 미워졌을 거예요……."

"그렇구나……. 좋은 곳이네, 일루미너스 섬은."

라피니아가 마이스의 등을 부드럽게 쓰다듬었다.

덕분에 마음이 편해졌는지 마이스의 얼굴에도 웃음이 돌아왔다.

"네, 맞아요! 지상인들을 괴롭히지 않는 대신에 사이좋게 지낼 기회까지 없어진 건 조금 아쉽지만요. 물어보고 싶은 게 많았거든요."

"좋아! 궁금한 건 우리한테 다 물어봐! 뭐든지 답해줄 테니까……!"

라피니아가 가슴을 탕 치며 말했다.

"고맙습니다! 지상에서는 마을 밖으로 한 발짝만 나가도 마석수가 우글거린다는 게 사실인가요……?!"

"글쎄. 우글거리는 정도는 아니야. 물론 프리즘 플로가 내릴

때만큼은 잔뜩 출몰하지만. 프리즈마 같은 경우에는 직접 마석수를 소환하기도 하고."

"프리즈마……! 최강의 마석수를 말하는 거죠? 프리즈마 때문에 저희는 지상에서 살아갈 수 없다고 들었어요……. 라피니아 씨, 프리즈마를 본 적이 있나요?"

"보기만 했게? 얼마 전에는 싸우기까지 했어."

라피니아는 당당하게 말하며 두 팔의 알통을 과시해 보였다.

"우와아아아……! 굉장해요!"

마이스는 존경이 담긴 눈빛으로 라피니아를 바라보았다.

"그리고 얘가 프리즈마를 쓰러트렸지♪"

잉그리스를 붙잡아 번쩍 들어 올리는 라피니아.

잉그리스도 아까의 라피니아처럼 알통을 과시하는 포즈를 취했다.

"네에에에에에에에?!"

마이스가 비명에 가까운 환성을 내질렀다.

"설령 하이랜드라 할지라도 상륙을 허락하면 파멸을 피할 수 없다는 그 괴물을요……?! 괴, 굉장해요……! 아, 혹시 이번에 프리즈마가 나타나면 잉그리스 씨가 프리즈마를 쓰러트리는 모습을 볼 수 있는 건가요……?!"

"프리즈마를 불러주기만 한다면 얼마든지."

잉그리스가 빙그레 웃으며 대답했다.

만약에 지금 프리즈마가 출현하면 하이랄 메나스 없이 싸워야 하겠지만, 그건 그것대로 나쁘지 않은 전개였다.

그때야말로 잉그리스의 진정한 힘을 시험받게 될 것이다.

잉그리스도 그동안 놀고만 있지 않았다. 새롭게 개발한 용마법도 있었다.

결국 언젠가는 자신만의 힘으로 프리즈마를 격파해 내야 했다.

"우와아……! 나타나지 않으려나……! 나타나면 큰일이지만 그래도 보고 싶어요……!"

"그렇지? 나도 꼭 나타났으면 좋겠어……!"

고개를 끄덕이며 공감대를 형성하는 잉그리스와 마이스.

"아하하……. 난 사양이야……."

"그렇게 불길한 소원은 비는 게 아니에요……! 자칫하면 농담으로 끝나지 않을지도 몰라요!"

리제롯테가 유달리 심각한 태도로 말했다.

"응? 그게 무슨 뜻이야, 리제롯테?"

"혹시 프리즈마에 대해서 짐작 가는 게 있어……?!"

라피니아와 레오네가 긴장한 얼굴로 물었다.

"오오오오……! 프리즈마! 무슨 이야기인데? 어디 있어? 어떻게 하면 만날 수 있어?"

"기뻐하지 마시래도요……! 뭐, 여기까지 말해버린 이상 숨겨봤자 소용없겠네요……."

리제롯테는 한숨을 푹 내쉬면서도 자세하게 설명해 주었다.

"이곳은 제 고향인 시아로트 서쪽의 샤켈 외해라는 곳이에요.

이 해역에는 바다의 악마가 살고 있어서 오가는 배들을 침몰시킨다는 이야기가 전해져 내려오고 있어요……. 실제로 저희 아르시아 가문에도 기록이 남겨져 있죠. 이곳으로 수차례 탐사선을 보냈지만, 대부분 돌아오지 못했다고요. 유일하게 귀환한 배의 승무원은…… 바다의 악마를 목격했다고 해요. 무지갯빛 비늘을 지닌 거대한 물고기였다더군요."

"무지갯빛 비늘이라면…… 다시 말해……."

"프리즈마네……."

라피니아와 레오네의 표정이 굳어졌다.

"네……. 바다는 넓죠. 아마도 간단히 저희를 발견해 내지는 못할 거예요. 하지만 그럴 가능성이 없다고는 장담할 수 없어요. 주의할 필요가 있어요."

"……그럼 최대한 빨리 일루미너스를 하늘로 되돌려야겠네."

"레오네의 말이 맞아. 수리가 끝나려면 아직도 많이 남았나? 마이스, 이런 일이 자주 발생하는 편이야?"

"아뇨. 이런 일은 한 번도……! 적어도 저는 처음 겪어보는 일이에요."

마이스는 고개를 가로저었다.

"앗, 뭔가가 접근하고 있어."

잉그리스가 바다를 가리키며 말했다.

그 말대로 무언가가 거대한 물보라를 일으키며 이곳을 향해 다가오고 있었다.

물보라에 가려져 있어 멀리서는 정체를 확인하기 힘들었다.
""뭐어어어어?!""
일행들이 큰 소리로 외쳤다. 불길한 예감이 들었기 때문이다.
"저, 정말이야! 저게 뭐지……?!"
"호, 혹시 바다의 악마……?!"
"그, 그럴 리가요! 말을 꺼낸 지 얼마나 됐다고! 지금은 에리스 님도 안 계신데……!"
바다의 악마라 불리는 샤켈 해역의 프리즈마.
호랑이도 제 말 하면 온다더니.
"아자……! 역시 프리즈마야. 뭘 좀 안다니까!"
한편, 잉그리스는 기대감에 가슴을 두근거렸다.
싸우고 싶을 때 나타나 주는 강적만큼 고마운 존재도 없을 것이다.
"못 말려……! 몸집이 작아져도 크리스는 크리스라니까! 그래도 정말 프리즈마라면 우리가 있을 때 나타나서 다행이네. 모처럼 사이좋게 지낼 수 있을 것 같은 하이랜더들을 만났잖아. 세이린 님이나 세오도어 특사님처럼 말이야……! 그러니까 반드시 지켜내자, 크리스……!"
"응. 결과적으로는 지켜내도록 할게……!"
"지금은 에리스 님과 리플 님도 안 계시니 우리들이 어떻게든 쓰러트려야 해……!"
"만약 여기서 프리즈마를 쓰러트린다면 샤켈 외해를 자유롭게

항해할 수 있어요……! 제 고향인 시아로트와 카랄리아를 위한 일이기도 해요……!”

다들 프리즈마가 나타나면 싸워야 한다는 점에는 이견이 없는 모양이었다.

그렇다면…….

“내가 먼저 가서 확인하고 올게!”

다른 사람들보다 서둘러야 했다.

잉그리스는 프리즈마를 일대일로 쓰러트리고 싶었다.

게다가 얼어붙은 프리즈마는 하이랜더뿐만 아니라 지상의 인간마저도 마석수로 만들어 버렸다.

물론, 이는 어디까지나 얼어붙은 프리즈마가 진화를 거듭했기에 벌어진 현상이었다. 바다의 악마라 일컬어지는 프리즈마에게 해당되는 사항은 아닐 것이다.

그리고 라피니아는 상급 마인무구를 보유한 덕분인지 얼어붙은 프리즈마의 영향권 아래서도 마석수로 변하지 않았다. 그러니 괜찮을 것이다.

마찬가지로 상급 마인을 보유한 리제롯테와, 특급 마인을 얻게 된 레오네도 무사할 가능성이 높았다.

하지만…… 그래도 귀여운 손녀딸 같은 라피니아를 위험한 상황에 두고 싶지는 않았다. 그것이 부모의 마음, 아니, 할아버지의 마음이었다.

잉그리스는 손끝으로 전신을 터치해 용마법을 발동시켰다.

그워어어어어……!

용마법, 빙룡 갑옷.

용을 형상화한 파란색의 갑옷이 소환되며 포효를 터트렸다.

하지만 여기에서 끝이 아니었다.

“하아아압!”

에테르 셸!

빙룡 갑옷은 에테르 셸의 하위 호환이라고 할 수 있는 효과를 지니고 있었다.

다만, 하위 호환이라고 해도 비교 대상이 나빴을 뿐 충분히 강력한 마법이었다.

그리고 무엇보다 에테르 셸과의 병용이 가능했다.

현재 잉그리스의 능력으로는 에테르 기술과, 드래곤 로어, 마법을 동시에 하나씩밖에 발동할 수 없었다.

빙룡 갑옷은 드래곤 로어와 마법을 융합한 용마법.

그리고 에테르 셸은 에테르를 이용한 기술이다.

즉, 모든 능력을 총동원한 상태라는 뜻이었다.

“앗! 잠깐 기다려, 크리스……!”

라피니아가 말릴 새도 없이 잉그리스는 바다를 향해 달려 나갔다.

아니, 아마도 달려 나갔을 것이다.

왜냐하면 아무도 잉그리스가 달리는 모습을 인식할 수 없었기 때문이다.

너무나도 빨랐다.

잉그리스는 눈 깜짝할 사이에 수평선 너머로 사라져 버렸고, 바다에는 얼어붙은 발자국만이 남아있을 뿐이었다.

"헉……?! 에, 에에에에에엑……?! 사, 사라졌어요! 혹시 바다에 남아있는 저 자국이 잉그리스 씨의……?!"

"마이스. 크리스가 싸우는 모습을 구경하고 싶다면 얼마든지 구경하도록 해. 보인다면 말이지……."

"아, 네. 노력해 볼게요……!"

"어쨌든 우리도 따라가자!"

"저도 먼저 갈게요! 여러분은 플라이 기어를 타고 와주세요!"

그렇게 다른 일행들도 잉그리스를 뒤쫓기 시작했다.

한편, 잉그리스는 이미 먼바다로 이동해 상대의 정체를 확인한 상태였다.

"……?! 프리즈마가 아니야……!"

프리즈마는커녕 마석수조차 아니었다.

"공중전함……?!"

다만 빌마가 지휘하던 일루미너스의 공중전함보다는 훨씬 낡아 보였다. 카랄리아에서 보유 중인 두 척의 공중전함보다 낡을지도 몰랐다. 무장도 거의 없다시피 했다.

아마도 구식 공중전함일 것이다.

문제는 선체의 후방에서 연기가 피어오르고 있다는 점이었다. 그 상태로 수면에 떠서 전진하고 있었다.

공중전함의 주변 바다에는 먹잇감이 가라앉기를 기다리는 물고기처럼 마석수들이 배회하고 있었다.

"혹시…… 마석수에게 습격당한 건가……?!"

종합해 보면, 일루미너스를 향해 날아오던 공중전함이 마석수의 습격을 받아 격침된 모양이었다.

"그렇다면……!"

잉그리스는 공중전함의 측면으로 다가가 공중전함과 함께 달리기 시작했다.

그리고 에테르 셸을 해제한 잉그리스는, 에테르 피어스로 근처의 마석수를 하나둘씩 해치워 나갔다.

하지만 이건 어디까지나 간단한 정리 작업이었다.

지금은 마석수와의 전투를 즐길 상황이 아니었다.

마석수는 뒤쪽에서 따라오는 라피니아 일행에게 맡겨두고, 잉그리스는 이 가라앉기 직전인 공중전함을 어떻게든 하기로 했다.

이 상황을 해결할 수 있는 사람은 아마도 자신밖에 없을 테니까.

철썩, 촤아아아악!

공중전함이 몸부림을 치듯 수면에서 살짝 튀어 올랐다.

아까부터 수차례 반복되던 움직임이었다. 이 순간을 노려야 했다.

"지금이다!"

잉그리스가 다시금 에테르 셀을 발동시켰다.

붕 떠오른 선체의 밑으로 들어간 잉그리스는 얼음 발판을 박차고 뛰어올라 선체에 주먹을 내질렀다.

그러고는 몸을 비틀며 공중전함을 있는 힘껏 쳐올렸다.

"하아아아아아압!"

잉그리스의 힘이 가해지자 비스듬히 위쪽을 향했던 공중전함이 하늘로 솟아오르기 시작했다.

하지만 이것만으로는 일루미너스 섬까지 도달하기 힘들었다.

오히려 침몰하는 시간을 조금 앞당겼을 뿐이다. 후속타가 필요했다.

"아직 멀었어!"

바다에 착지한 잉그리스는 날아오른 공중전함보다 빠른 속도로 해상을 질주하여 또다시 선체 밑으로 파고들었다.

"한 번 더!"

다시금 하늘로 떠오르며 앞으로 나아가는 공중전함.

공중에 있는 동안에 연속으로 힘을 가하는 것이 요령이었다.

수면에서 공중전함을 받아내면 무게를 견디지 못하고 바다에 빠질 게 분명했다. 발판이라고 해봤자 물 위에 뜬 얼음 쪼가리가 전부이기 때문이다.

추가로 필요한 것은 공중전함보다 빠르게 바다를 질주하는 속도와, 공중전함을 날려버릴 만큼 강력한 힘이었다.

잉그리스는 빙룡 갑옷에 에테르 셀까지 두른 상태였지만 팔에 가해지는 무게가 상당했다. 즉, 이건 이것대로 괜찮은 훈련이었다.

이대로만 반복하면 공중전함을 안전하게 일루미너스 섬에 상륙시킬 수 있었다.

"크리스으으! 잘하고 있어! 그대로 계속해!"

"응, 알았어! 라니는 따라오는 마석수를 쓰러트려 줘!"

"오케이! 맡겨둬!"

라피니아가 멀어진 뒤로도 잉그리스는 공중전함을 계속 후려쳐 일루미너스 섬까지 운반해 나갔다.

잠시 후에는 일루미너스 섬에서 뛰쳐나온 기계룡들이 잉그리스를 지나쳐 날아갔다.

마석수를 요격하러 나온 모양이었다. 잉그리스 일행이 한발 빠르기는 했지만.

"기계룡……! 나를 막아서지 않는다는 건……."

기계룡들은 공중전함이나 잉그리스에게 아무런 반응도 보이지 않고 그대로 통과해 버렸다.

이는 잉그리스의 행동이 용인되었다는 뜻이다.

그렇다면 이대로 계속 나아갈 뿐!

"한 번 더! 다시 한번! 다시 한번!"

일루미너스 섬이 점점 더 가까워져 왔다.

"그리고 이게 마지막! 하아아아압!"

마지막 일격이 지금까지와 다른 부분은 종착지가 섬이라는 점이었다.

따라서 잉그리스가 앞질러 달려가 받아낼 필요가 있었다.

"좋았어……!"

공중전함의 착지 예정지는 일루미너스 해안.

잉그리스는 먼저 그곳에 도착해 받아낼 준비를 했다.

"어이! 거기서 뭘 하는 거지……! 떨어지고 있잖나! 도망쳐라!"

불현듯 누군가의 고함 소리가 들려왔다. 전신에 검은 갑옷을 두른 여기사, 빌마였다.

기계룡들에게 지시를 내린 것도 빌마일 것이다. 어느 정도 상황을 파악한 모양이었다.

"빌마 씨? 괜찮아요. 받아낼 생각이거든요……!"

"바보 같은 소리 마라……! 짓뭉개질 거다!"

"제가 던진 거니까 받아내는 것도 가능해요. 맡겨주세요."

잉그리스가 싱긋 웃으며 빌마에게 대답했다.

"……옵니다! 빌마 씨는 멀리 떨어져 계세요!"

"아니, 아무리 강하다 어린애한테 혼자 맡길 수는 없지……! 게다가 일루미너스를 지켜내는 것이 내 역할이다……!"

빌마는 물러날 생각이 없는 모양이었다.

그렇다면 이 이상의 설득은 무용지물이었다. 어차피 더는 대화를 나눌 시간도 없었다.

"정말로 위험하다고 생각하면 도망쳐 주세요……!"

"쓸데없는 걱정이다……!"

그리고 잉그리스와 빌마는 떨어지는 공중전함으로 손을 뻗었다.

"하아아아아아아아아앗!"

"크으으윽……?! 무거워……! 이런 걸 받아내겠다니……!"

공중전함의 중량은 무시무시했다. 두 사람의 발이 뒤쪽으로 질질 밀려났다.

"아뇨, 아직 멀었어요!"

"……?! 약간이긴 하지만……!"

잉그리스와 빌마를 밀어내는 힘이 조금씩 약해져 갔다.

"앞으로 조금만 더……!"

"괴, 굉장하군. 이 아이는 정말로 정체가 뭐지……?!"

쿠우우우우우우웅……!

끝끝내 속력을 잃은 공중전함이 묵직한 금속음과 함께 해안에 불시착했다.

잉그리스가 받아내지 않았더라면 육지에 부딪혀 폭발해 버렸을지도 모를 일이었다.

"후우……. 좋아. 꽤 나쁘지 않은 훈련이었어……."

잉그리스는 만족스럽게 웃으며 이마의 땀을 훔쳤다.

쩌저저적!

동시에 온몸에 두르고 있던 빙룡 갑옷이 산산이 부서졌다.

에테르 셸을 전개했음에도 이만큼이나 버텨줬으니 상당히 분전한 셈이었다. 성능은 충분했다.

"정말 잘했다……! 덕분에 일루미너스의 피해는 거의 전무했다. 상황이 상황이다 보니 추가적인 피해가 나오면 몹시 곤란하거든."

"아니에요. 제가 던졌으니, 제가 받는 게 맞죠. 그보다 빌마 씨야말로 괜찮…… 엇……?!"

괜찮으신가요? 라고 물어보려던 잉그리스가 놀라서 굳어졌다.

빌마를 돌아보고 나서야 깨달았다. 그녀의 팔이 이상한 방향으로 꺾여 있었던 것이다.

팔뿐만 아니라 오른쪽 발목도 마찬가지였다. 이쪽은 아예 반대로 돌아가 있었다.

"비, 빌마 씨……!"

빌마의 윗라르 존중해서 말리지 않았건만, 역시 무리였다.

강제로라도 뿌리쳤어야 했다.

"아. 걱정하지 마라. 괜찮다."

하지만 빌마는 태연한 얼굴을 하고 있었다.

"이건 이제 못 쓰겠군……."

빌마가 구부러진 팔다리를 건드리자, 팔다리가 몸에서 분리된 것처럼 툭 떨어졌다.

하지만 피가 흐르거나 살점이 보이지는 않았다.

분리된 팔다리의 단면은 플라이 기어처럼 기계로 이루어져 있었다.

"……! 기계 몸……."

라티의 친구였던 알카드의 이안도 비슷한 경우였다.

빌마의 몸은 훨씬 더 세련된 최신식 기계였지만.

“하이랜드의 기사로서 외부 활동을 하려면 이런 몸이 편하거든. 프리즘 플로의 영향을 받지 않으니까.”

“그, 그렇군요……. 일루미너스의 기사분들은 다들 기계 몸이신가요?”

“그래. 기계룡과 공중전함의 지휘를 최소한의 인원으로 수행해 내기 위해서다. 효율적이기 때문이지.”

“효율적이라…….”

나쁠 건 없었다. 하지만 빌마의 원래 몸은 어떻게 되었을까?

잉그리스는 지상인이었다가 하이랜더가 되었던 란바 상회의 라알과 팔스를 떠올렸다.

아마 이들도 빌마와 비슷한 입장이었을 것이다.

아니, 빌마는 공중전함을 지휘하고 일루미너스 섬의 경비를 맡고 있으니, 그들보다는 더욱 높은 지위에 있을지도 몰랐다.

권한의 크기만 놓고 보면 이벨과 비슷한 수준이었다.

어쨌든 다들 하이랜드 밖에서 임무를 수행했다는 공통점이 있었다. 물론 라알 부자의 몸은 기계가 아니라 피와 살로 이루어져 있었고, 이벨의 경우에는 월킨 박사와 같은 하이 마나코트를 사용했다는 점에서 차이가 있지만.

반면, 일루미너스의 기사들은 다들 기계로 된 몸을 하고 있었다.

이쪽은 삼대공파의 인물이고, 라알 부자와 이벨은 교주련 측의 인물이다. 세력이 다르면 문화도 달라지는 것일까?

아니, 같은 삼대공파라도 무공 질드그리버가 다스리는 뤼스퉁과 일루미너스의 분위기는 천지 차이일 것이다.

질드그리버가 다스리는 영지가 이곳과 비슷할 리 없었다. 기계로 만들어진 몸은 단련할 수 없다면서 싫다고 말할 인물이니까.

틀림없었다. 질드그리버와 잉그리스의 사고방식이 똑같기 때문에 장담할 수 있었다. 이 둘만큼 마음이 맞는 사람도 없었다.

게다가 잉그리스에게는 거울 속에 비친 자기 모습을 감상하는 취미가 있었다. 자신의 부드럽고 고운 살결을 포기하기는 힘들었다.

아무래도 하이랜드의 문화나 풍습은 지도자의 성향에 따라 크게 달라지는 모양이었다. 지상의 국가 간에 나타나는 차이점 정도는 사소하게 느껴질 지경이었다.

"그런 얼굴 마라. 내가 원해서 된 거니까……. 실은 불치병을 앓고 있었거든. 이렇게 하지 않으면 살아남을 수가 없었지. 일루미너스의 기사들은 다들 비슷한 처지에 있던 자들이다."

"아아, 그렇군요……."

그렇다면 납득이 되었다. 살아남기 위한 선택이니까.

육체의 기계화는 목숨을 구할 수단이자, 일루미너스를 지키는 기사를 확보할 수단이기도 하다는 뜻이었다.

이곳 일루미너스는 하나부터 열까지 효율적인 곳이라는 생각이 들었다.

"자, 일단은 배 안을 확인해 봐야겠지."

빌마가 해안가에 놓인 공중전함을 바라보며 말했다.

일루미너스 섬. 대공장.

"이야, 덕분에 살았습니다. 이곳으로 오기 위해 저공비행을 하던 중에 마석수 무리의 습격을 받았거든요……. 구해주셔서 진심으로 감사드립니다."

한 청년이 허리를 숙여 감사를 표했다.

공중전함은 잉그리스와 기계룡들에 의해 대공장으로 옮겨진 상태였다. 그리고 그곳에서 내려온 것은 지상의 인간이었다.

청년은 갈색 머리에 큰 키를 가지고 있었고, 한쪽 눈에는 모노클을 착용하고 있었다.

청년이 풍기는 분위기는 차분하고 정중했다. 라피니아가 마음에 들어하는 타입이다.

"오오……."

"안 돼!"

잉그리스가 라피니아의 등 뒤에서 폴짝 뛰어올라 손으로 두 눈을 가렸다.

쓸데없는 것은 보여주지 않는 게 제일이었다.

"앗, 크리스……! 무슨 짓이야……!"

"라니는 보면 안 돼!"

"어휴, 진지하게 대화하는 와중에……."

"방해하면 못써요, 잉그리스."

리제롯테와 레오네가 한숨을 내쉬었다.

현재 잉그리스 일행은 수영복 위에 하얀색 의상을 걸치고 있었다. 빌마가 지급해 준 옷이었다.

의식용 복장처럼 생긴 나풀나풀한 의상으로, 가슴 쪽에 커다란 성흔 문양이 그려져 있었다.

외부인이 일루미너스에 체재할 때 입는 의상인 모양이었다.

이 의상을 입으면 성흔이 없어도 일루미너스 섬의 각종 자동 시설들을 이용할 수 있었다. 목적지로 자동 비행하는 플라이 기어와 통행 허가증 등이 이에 해당한다. 식료품과 물품도 지급받을 수 있었다.

지금은 도시의 중추 기능이 마비되어 대부분이 무용지물이었지만.

잉그리스 일행이 월킨 박사를 찾아갈 때 보았던 장치들은 일부 운 좋게 남아있는 것들이었다.

실제로 해안에서 이곳으로 이동할 때도 자동 비행 장치가 아니라 스타 프린세스호를 이용해야 했다.

"……무슨 문제라도 있나요?"

모노클을 착용한 청년이 어리둥절한 얼굴로 이쪽을 쳐다보았다.

"아니. 신경 쓸 것 없다. 내버려 둬라."

빌마는 그렇게 말하며 청년을 지그시 바라보았다.

"……아젤스탄 상회의 인간인가. 처음 보는 얼굴이다만……?"

"예, 처음 뵙습니다. 저는 유바 아젤스탄. 아버지는 병을 앓으시는 바람에 은퇴를 결정하셨습니다. 그래서 제가 뒤를 이어 거래를 이어가게 되었습니다. 잘 부탁드립니다."

"상부에 보고해서 의견을 묻고 오겠다. 아마도 별문제는 없을 테지만, 여기서 잠시 기다려라."

"예. 잘 부탁드립니다. 그런데 가지고 온 짐을 미리 내려놔도 되겠습니까……? 수리에 방해가 될까 싶어서요."

"알겠다. 도움이 필요한가?"

"아닙니다. 스스로 움직일 수 있는지라……."

유바의 말투는 온화했지만, 내용은 온화하지 않았다.

지시만 하면 스스로 움직이는 짐.

즉, 인간일지도 몰랐다.

아직도 세상에는 인간을 사냥하는 하이랜더나, 하이랜드에 노예로 팔아넘기는 지상인들이 존재한다고 들었다.

아마도 이것은 후자였다. 이들은 노예상일 가능성이 컸다.

노예상이 공중전함을 보유하고 있다는 사실이 놀랍기는 하지만, 확실히 많은 인원과 물자를 옮기기에는 더할 나위 없는 이동 수단이었다.

공중전함을 보유하고 있는 노예상이 카랄리아에 존재할 리는 없으므로, 다른 나라에서 활동하는 자들일 것이다. 아젤스탄 상회라는 이름은 기억해 두는 편이 좋을 듯했다.

다만, 이해가 가지 않는 점은 따로 있었다. 세상에 이런 자들이 존재한다는 것까지는 납득이 갔다. 하지만 어째서 일루미너스 섬과 거래를 하는 것일까?

해안가에서 알게 된 마이스라는 소년의 말에 따르면 일루미너스 섬에는 인간 노예가 존재하지 않았다. 게다가 노예는 나쁜 것이라고 가르친다고 말했다.

"크리스, 이것 좀 떼봐……!"

라피니아의 강경한 태도에 잉그리스는 눈을 가리고 있던 손을 내렸다.

"빌마 씨……! 이게 무슨 뜻인가요? 움직이는 짐이라뇨……?!"

"………… ."

빌마는 난처한 얼굴로 라피니아를 바라보았다.

"빌마 씨……!"

"그보다 저 아이는 누구지? 어째서 주민이 이곳에 있는 건가."

빌마가 마이스를 가리키며 물었다.

"실은…… 바다에서 놀던 와중에 밖으로 나온 이 애를 발견했어요. 그러다 마석수와 공중전함이 나타나는 바람에 여기까지……."

"그런가. 말썽꾸러기를 보호해 주었다는 거로군. 그렇다면 왔던 곳으로 돌려보내 주지 않겠나? 아이의 부모님도 걱정하고 있겠지."

"잠시만요, 아직 할 얘기가……!"

"너희를 유괴범으로 만들고 싶지는 않다. 부탁하지."

"그래도……!"

물러나려고 하지 않는 라피니아. 그런 라피니아를 말린 것은 마이스였다.

"라, 라피니아 씨……. 저는 여러분한테 민폐를 끼치고 싶지 않아요. 그러니 이만 돌아갈게요. 기사님 말씀대로 부모님이 저를 찾느라 소란이 벌어졌을지도 몰라요. 바래다주실 거죠? 부탁드립니다."

마이스의 제안에 잉그리스도 고마움을 느꼈다.

라피니아가 빌마와 싸워봤자 좋을 것이 없었다. 하지만 만약 라피니아가 억지로라도 배를 확인하라고 말했다면 잉그리스는 그렇게 했을 것이다.

"마이스……. 응, 알았어."

마이스가 재촉하면 라피니아도 이쪽을 우선할 수밖에 없었다. 그렇게 잉그리스 일행은 마이스를 바래다주기 위해 스타 프린세스호에 올라탔다.

그런데 그때, 마이스가 진지한 얼굴로 라피니아에게 말했다.

"라피니아 씨, 저를 바래다준 다음에 서둘러 이곳으로 돌아오세요. 기사님은 지금 무언가를 숨기고 있어요……. 방금은 저를 빌미로 얼버무렸지만, 제가 없다면 그러지 못할 거예요. 짐이 돼서 죄송합니다."

마이스도 빌마를 추궁해야 한다고 생각했던 모양이다. 오히려 마이스가 더 침착했다.

"마이스……. 미안해할 거 없어! 우리가 확실하게 물어볼 테니 걱정하지 마!"

"네! 잘 부탁드려요! 나중에 어떻게 됐는지 가르쳐 주셔야 해요? 또 찾아올게요!"

"아……. 그건 또 몰래 빠져나오겠다는 뜻이잖아? 그러면 안 되지."

라피니아가 손가락으로 마이스를 쿡쿡 찌르며 말했다.

"기공님이 정신을 차리셔서 일루미너스 섬이 원래대로 복구되면 혼날 이유도 없는걸요. 헤헤."

라피니아와 마이스가 사이좋게 웃으며 대화를 주고받았다. 흐뭇한 광경이었다.

이렇게 누구와도 친해지는 것이 라피니아의 매력이었다.

잉그리스는 귀여운 손녀딸인 라피니아가 이런 아이라서 자랑스러웠다.

잘 키웠다는 생각이 들었다.

물론 라피니아를 키운 것은 빌포드 후작과 이모인 이리나지만, 라피니아와 가장 오랜 시간을 공유했다는 점에서 잉그리스도 지지는 않았다.

"바래다줘서 고맙습니다! 라피니아 씨, 레오네 씨, 리제롯테 씨, 잉그리스 씨! 짧은 시간이었지만 무척 귀중한 경험을 했어요. 생선구이도 엄청 맛있었고요! 또 봐요!"

해안가와 도시를 잇는 도로 근처에 지하로 이어지는 계단이 있었다. 마이스는 이곳을 통해서 해안가로 올라온 모양이었다.

두꺼운 격벽이 가로막고 있었지만, 마이스가 성흔을 들이대자, 입구가 개방되었다.

마이스는 손을 흔들며 안으로 걸어 들어갔다.

"또 봐~! 다음에는 고기도 먹게 해줄게!"

마이스보다 힘차게 손을 흔들며 배웅하는 라피니아였다.

"잘 가. 다음에도 라니랑 놀아줘."

"조심해서 돌아가렴."

"앞으로는 부모님께 걱정 끼치지 마세요."

웃으며 마이스를 떠나보낸 잉그리스 일행은 곧장 대공장으로 귀환했다.

대공장에서는 이미 손상된 아젤스탄 상회의 공중전함 수리가 시작된 상태였다.

여러 개의 기계 팔들이 선체에 달라붙어 작업을 진행하고 있었다.

유바는 일찌감치 모습을 감춘 상태였다. 남아있는 사람은 플라이 기어에 탑승하려는 빌마와, 빌마가 데리고 있는 한 소녀였다.

소녀의 나이는 잉그리스와 크게 다르지 않아 보였다.

물론, 어려진 지금의 모습이 아니라 잉그리스의 실제 나이인 16세를 뜻했다.

머리색은 하늘색이 가미된 은색이었고, 길이는 어깨에 닿는 정도였다. 여성치고는 짧은 편이었다.

지금은 살짝 야위었지만, 얼굴도 곱상한 편이었다. 기품마저 느껴지는 생김새였다.

이마에는 성흔이 없었으며, 잉그리스 일행과 같은 외부인용 흰옷을 입고 있었다.

십중팔구 아젤스탄 상회의 배를 타고 왔을 것이다.

바로 그때, 잉그리스 일행을 발견한 소녀가 필사적인 태도로 부탁해 왔다.

"여, 여러분……! 지상에서 오신 분들인가요?! 부탁드립니다! 제발, 제발 저와 함께 끌려온 이들을 구해주세요……! 그들은 제 생각에 찬동해 움직였을 뿐입니다! 아무런 죄도 없는 사람들이에요!"

"네……?! 그, 그게 무슨 뜻인가요? 당신은 누구죠……?"

라피니아가 소녀에게 되물었다.

"저는 베네픽의 황녀……!"

"가자. 너를 기다리는 분이 계신다."

빌마는 소녀의 말을 가로막으며 플라이 기어를 발진시켰다.

"앗……! 기다려 주세요, 빌마 씨!"

"……격벽. 관리자 권한으로 일정 시간 재개방을 금지한다."

빌마가 대공장을 나가자, 밖으로 나가는 길이 막히고 말았다.

빌마의 말이 사실이라면 얼마 지나지 않아 다시 통과가 가능해질 것이다.

"방금 그 애, 베네픽의 황녀라고 했어……! 너희도 들었지?"

"맞아요, 레오네. 저도 똑똑히 들었어요……!"

"공중전함은 저 애를 데려오려고 여기까지 날아온 걸까……?"

"그게 전부는 아닐 거야, 라니. 저 애도 말했잖아. 본인과 같이 끌려온 사람들을 구해달라고……."

"응. 자기 자신보다 다른 사람들을 먼저 걱정하더라……. 분명 착한 아이일 거야."

라피니아는 성선설을 기반으로 사람을 보기 때문에 매사를 좋은 방향으로 해석하려는 경향이 있었다.

"어떡할래, 라니? 저 아이의 부탁을 들어줄까?"

잉그리스가 물었다. 같이 온 자들을 구하러 갈 것이냐는 뜻이었다.

"응, 그러자! 어차피 한동안은 문이 닫혀서 나갈 수도 없는걸. 그러니 일단은 다른 사람들을 찾아볼래! 그리고 벽이 열리면 그 애를 쫓아가자. 멋대로 부수고 지나가면 혼날 테니까!"

"알았어, 라니."

"레오네와 리제롯테도 괜찮겠어?"

"난 괜찮아, 라피니아. 그렇게 하자……!"

"물론이에요. 저분이 베네픽의 황녀라는 말이 사실이라면 이건 기회일지도 몰라요. 황녀를 구해내면 베네픽과 카랄리아의 관계가 개선될 수도 있으니까요."

"오오, 리제롯테! 똑똑하다! 엄청 괜찮은 생각 같지 않아, 크

리스?"

"어? 음…… 그런가? 사람은 싸우면서 서로를 이해한다는 말도 있잖아……?"

잉그리스가 신음을 흘리며 말했다.

"그건 주먹으로 치고받을 때 얘기지! 크리스나 지르 님한테만 통용되는 이야기라고!"

"그런가. 하지만 베네픽에는 아직 로슈폴 선생님과 맞먹는 기사가 남아있다고 들었어. 베네픽군과도 나쁘지 않은 싸움이 가능할걸. 모처럼 오는 거 총공세로 진격해 온다면 좋을 텐데."

"결국 전면 전쟁을 하자는 소리잖아! 절대로 안 돼! 자, 움직이자!"

"알았어. 라니가 안 된다고 말하면 안 할게."

베네픽군과의 전면 전쟁도 기대가 되었지만, 라피니아가 반대한다면 아쉽지만 포기할 생각이었다. 아니, 그래도 약간은 기뻤다.

라피니아의 웃는 모습을 볼 수 있으니까.

게다가 잉그리스에게는 아직 최후의 보루인 질드그리버가 남아있었다. 정 싸울 상대가 없으면 질드그리버를 방문해서 대련을 요청할 생각이었다.

"그런데 어디로 가려고, 라피니아?"

"저기야, 저기! 아젤스탄 상회의 전함! 아직 안에 사람이 남아있을지도 몰라!"

"그렇네요. 저건 어디까지나 상회 소속의 전함이니 소란을 피워도 수습할 수 있을 거예요. 하이랜드와는 무관하니까요……!"

"알았어. 빨리 가자!"

그리하여 잉그리스 일행은 아젤스탄 상회의 전함으로 발걸음을 옮겼다.

무수한 기계 팔들이 선체를 둘러싸고 있었지만, 일행이 다가와도 반응하지 않고 묵묵히 작업을 진행했다.

현재 공중전함은 거대한 지지대의 도움을 받아 도크에 계류된 상태였다. 도크에는 선내로 통하는 다리가 놓여있었다.

그렇다는 건 사람이 있다는 뜻이었다. 갑판에는 없지만 안에는 있을지도 몰랐다.

앞장서서 선내로 이어진 다리를 올라가는 라피니아.

"잠시 실례할게요!"

라피니아가 외쳤지만, 선내는 여전히 조용했다. 하지만 그렇다고 대답이 돌아오지 않은 건 아니었다.

선내로 들어서자, 문 양쪽에 보초가 한 명씩 있었다.

손에는 장총을 들고 있었는데, 끝부분에 창날이 달려 있었다.

총검이라는 무기였다.

두 병사가 그것을 X자로 교차하여 라피니아의 앞길을 막은 것이다. 아무 말 없이.

얼굴까지 투구를 뒤집어쓴 이들은 빌마가 인솔하던 하이랜드의 병사들이었다.

감시 겸 경비를 위해서 이곳에 배치해 놓은 모양이었다.

"저, 저기……! 안으로 들여보내 주실 수 없을까요?!"

라피니아가 물었지만, 병사들은 들여보내 주지 않은 채 침묵을 지켰다.

"안 된다는 뜻인가요……? 그러면 가르쳐 주세요! 억지로 끌려온 사람들이 아직도 저 안에 있나요……?!"

라피니아가 질문을 바꿨다. 하지만 병사들은 여전히 묵묵부답이었다.

"방금 빌마 씨가 데려간 아이가 베네픽의 황녀라는 말이 사실인가요……?!"

"그 아이를 어쩔 생각이죠……?!"

레오네와 리제롯테의 질문에도 병사들은 대꾸하지 않았다.

"무슨 대답이라도 좀 해봐요……! 저기요!"

그럼에도 침묵하는 병사들.

화를 내면서 내쫓아도 이상할 게 없는 상황이건만. 이쯤 되면 오히려 신사적인 걸지도 몰랐다.

"크리스, 이제 어떡하지……?!"

"으음……."

무력으로 강제 돌파를 하는 것도 가능은 하지만 뒷일을 생각하면 현명한 행동은 아니었다.

잉그리스 일행은 세오도어 특사의 명령을 받고 찾아온 카랄리아의 사절이었다.

무슨 짓을 저지른다면 일루미너스와 카랄리아의 관계가 악화될뿐더러, 세오도어의 입장도 위태로워진다.

그리고 무엇보다 에리스가 글레이프릴 석관에 들어가 있었다.

뒤집어 말하면 에리스를 인질로 잡힌 것이나 다름없는 상황이었다.

이쪽이 입장상 불리하다는 것은 명백했다.

어떻게 하는 게 좋을까.

"데려온 자들이라면 이미 전부 하이랜드 측에 넘겼습니다. 기사님이 데려간 소녀가 베네픽의 황녀인 것도 사실입니다. 하이랄 메나스가 될만한 적성을 갖췄다면서 직접 데려가시더군요. 명예로운 일 아닌가요?"

누군가가 온화한 목소리로 일행의 질문에 일일이 대답해 주었다. 방금 빌마와 인사를 나눴던 아젤스탄 상회의 대표, 유바였다. 이쪽에서 떠드는 소리를 들었는지 병사가 가로막고 있는 통로 너머에서 모습을 드러낸 것이다.

"다, 당신은 아까의……!"

"네. 이들은 두려움과 피로를 모르고, 명령을 충실히 이행하는 꿈의 병사들입니다만, 융통성은 없는 편이라서요. 전함을 구해주신 보답도 제대로 못 했으니…… 궁금하신 게 있다면 무엇이든 대답해 드리겠습니다."

"고, 고맙습니다……."

감사를 표하기는 했지만, 라피니아의 얼굴에는 아직 경계심이 남아있었다.
유바가 이끄는 아젤스탄 상회는 인신매매나 다름없는 행각을 보였으니, 무리도 아니었다.
"그러면 황녀님 이외의 사람들은 다들 어디로 갔나요……? 황녀님은 말했어요. 자신과 함께 끌려온 이들을 구해달라고. 그러니 분명 좋은 사람일 거예요……! 그런 분을 돈으로 팔아넘기다니 너무해요! 어째서 그런 짓을……!"
"자, 자. 진정하세요. 저희를 구해주신 여러분을 박대할 생각은 없습니다. 되도록 앞으로 좋은 관계를 유지하고 싶기도 하고요."
"그렇다면 제 질문에 대답해 주세요!"
"네, 물론입니다. 하지만 여기 이렇게 서서 이야기하자니 조금 그렇군요. 안에서 다과라도 먹으면서 대화를 나누시는 게 어떨까요? 이분들은 제 손님이니 통과시켜 주세요."
유바가 그렇게 말하자 두 병사가 길을 열어주었다.
전함의 소유자가 하는 말까지 무시하기는 어려운 모양이었다.
이윽고 커다란 응접실로 안내받은 잉그리스 일행은 이곳에서 차를 대접받았다.
꽤 좋은 향기가 나는 차였다. 맛도 고급스러웠다.
함께 딸려 온 쿠키도 맛있었다.
"이거 맛있다. 안 그래, 라니?"
"응……. 맛있네……."
그렇게 말하면서도 라피니아는 불편한 표정으로 상대를 경계

하고 있었다.

평소 같았으면 맛있는 음식을 보자마자 웃음꽃을 피웠을 텐데.

상황이 상황이다 보니 어쩔 수 없었다.

"실례지만 아젤스탄 상회라는 이름은 카랄리아에서 별로 들어본 적이 없네요. 주로 어디서 장사를 하시나요?"

"저희는 주로 베네픽과 남동부에 있는 우호국에서 장사하고 있습니다. 카랄리아와는 그다지 접점이 없으니 모르시는 것도 당연합니다."

유바는 여섯 살 모습의 잉그리스에게도 굉장히 정중하게 대답했다.

"베네픽 황가를 상대로 장사를 하고 있어서 카랄리아에 손을 벌리면 거래처를 잃을지도 모른다…… 그런 뜻인가요? 확실히 베네픽과 카랄리아의 관계가 좋지는 않으니 함부로 손을 벌리면 내통하고 있다는 의심을 받을지도 모르겠네요."

"흐음……? 어째서 저희가 베네픽의 황가와 거래를 한다고 생각하시죠?"

"일개 상인이 황녀를 납치해 하이랜드에 넘기려고 하지는 않을 테니까요. 그런 짓을 했다가는 대역 죄인으로 찍혀서 상회째로 제거될 테죠. 그러니 베네픽에서 내분이 일어났고, 여기에서 패배한 황녀님의 신병을 아젤스탄 상회가 맡았다고 추측했어요. 이런 일을 맡을 정도면 어용상인 정도는 되어야 하고요."

어용상인 정도의 위치라면 베네픽의 적국인 카랄리아와의 거리는 일찌감치 포기했을 것이다. 그런 위험을 무릅쓸 바에는 베네픽과의 의리를 지키는 편이 나았다.

"호오……. 어린 나이에 총명한 아가씨군요. 말씀대로 베네픽 황가와 관계자 분들과는 좋은 관계를 이어가고 있습니다. 아, 과자 더 드릴까요?"

잉그리스의 대답에 감탄하며 고개를 끄덕인 유바는 과자를 추가로 권했다.

"네, 먹을래요!"

모처럼 주는 것이니 감사히 받기로 했다.

"그렇다면 황녀님과 함께 끌려온 분들은 황녀님의 파벌에 속한 분들이시겠죠? 정치범이라고 표현하면 될까요. 베네픽에도 유력자가 많을 테니 황녀쯤 되는 인물을 처형하면 반발이 일어났겠죠. 그렇다고 유폐나 감금하면 역습의 가능성을 남겨두는 셈이고요. 그러니 어떻게 보면 하이랜드로 팔아넘기는 게 현명하다고 할 수 있겠네요."

"예. 그 대가로 나라와 백성들을 지키는 마인무구도 하사받을 수 있으니까요. 단순히 처형하는 것보다 훨씬 유익한 방법이죠. 그러니 그분들은 베네픽의 안녕을 위해서 희생했다고 말할 수도 있겠군요. 영광스러운 일입니다. 저희에게도 절반의 이익이 돌아오고 말이죠."

"……그 말씀은 이곳에 끌려온 분들이 목숨을 잃을 것이라는 뜻인가요?"

잉그리스가 빙그레 웃으며 되물었다.

즉, 구해내려면 서둘러야 한다는 뜻이었다.

"이런, 제가 말이 많았군요."

온화한 얼굴로 쓴웃음을 짓는 유바.

덜컥! 라피니아가 다급하게 자리에서 일어났다.

"그 사람들은 지금 어디에 있나요……?! 어서 구해주지 않으면 늦을 거예요……!"

"…………."

유바는 그 모습을 얌전히 지켜보았다.

하지만 대답은 없었다.

"무슨 대답이라도 해주세요! 가르쳐 주지 않는다면 힘으로라도……!"

"여러분은 카랄리아에서 오신 분들이시죠? 이건 베네픽의 문제입니다. 황녀 일행을 돕는 것은 쓸데없는 참견이 아닐까요?"

"적국의 사람이라는 이유로 돕지 않는다면 평생 적으로만 남을 뿐이잖아요! 그런 건 싫어요! 도와줄 수 있는 사람은 도울 거예요!"

"……당신의 행동이 적대 관계를 부추기는 결과로 이어지더라도 말인가요? 잘 생각해 보세요. 황녀님은 정치범이라는 죄목으로 이곳에 끌려왔습니다."

"…………?!"

진지한 얼굴로 입을 다문 라피니아는 잉그리스를 쳐다보았다.

"황녀님이 어떤 사상을 가지고 있을지 모른다는 뜻이야. 정치범이라는 건 베네픽 내부에서 의견 대립이 있었다는 거겠지. 만약 황녀님이 봉마 기사단의 활동을 강경하게 반대하는 입장이었다면……? 그런 사람을 함부로 구해줬다가는 평화가 오기는 커녕 전면 전쟁으로 치달을 수도 있다는 거지."

"정말로 총명한 아가씨군요. 저도 그 말을 하고 싶었습니다. 그만한 리스크를 감수할 만큼 중요한 일인가요? 황녀님을 구하는 것이?"

"…………."

라피니아가 입술을 질끈 깨물었다.

"혹시 황녀님이 어떤 사상을 가지셨는지 가르쳐 주실 수 있나요……?"

"사양하겠습니다. 제 입으로 할 말은 아닌 것 같군요."

역시나 거절당하고 말았다.

그렇다면 잉그리스가 할 말은 하나밖에 없었다.

"괜찮아, 라니. 라니는 자신이 올바르다고 생각하는 행동을 하면 돼. 나머지는 내가 어떻게든 해줄 테니까."

잉그리스는 라피니아에게만 들리는 목소리로 작게 속삭였다.

그러자 라피니아는 고개를 끄덕이며 눈앞에서 미소 짓고 있는 유바에게 답했다.

"돕겠어요! 생각은 서로 다를지라도 자신보다 남을 먼저 걱정하는 사람이라면 분명 서로를 이해할 수 있을 테니까요! 그것이

이 세상의 이치라고 믿고 싶어요!"

당당한 표정으로 단언하는 라피니아.

"후후. 당신은 틀림없이 아름다운 세상에서 자라셨겠군요. 부럽습니다. 아마 모두 당신과 같은 세상에서 살고 싶을 겁니다. 하지만…… 방금 말씀드린 리스크는 어쩌실 겁니까? 당신의 청렴한 행동이 카랄리아의 사람들을 죽이는 결과로 이어질지도 모릅니다. 만약 그렇게 되면 당신은 무엇을 하실 거죠? 설마 나 몰라라 시치미를 떼실 건가요? 저는 분명히 경고했습니다."

"모른 척할 생각은 없어요! 만약 그런 일이 일어난다면……!"

거기까진 라피니아는 잉그리스를 번쩍 들어 올렸다.

"이 애가 나쁜 사람들을 전부 해치워 버릴 거예요!"

"해치워 버릴 겁니다."

다시 한번 자기 알통을 과시해 보이는 잉그리스.

"하하하……! 그렇군요. 저희 함선을 던졌다 받았다 할 정도의 힘이라면 농담으로 치부하기도 어렵겠군요. 게다가 프리즈마를 완전히 격파한 카랄리아와 전면 전쟁이라니, 베네픽에게 불리한 싸움입니다. 상인으로서 주 거래처가 망하는 모습을 보고 싶지는 않네요."

"베네픽에서도 불리하다는 의견이 대세인가요?"

그건 그것대로 아쉬웠다.

전쟁하자는 쪽의 세력이 강하면 거리낌이 없이 쳐들어왔을 텐데.

혼자서 압도적인 수의 적을 상대해 보는 것도 좋은 공부가 될 것이다.

"글쎄요……? 저는 일개 상인에 불과합니다. 높으신 분들의 의중을 알 턱이 없지요. 황녀님에 대해서도 자세한 건 모릅니다. 다만, 카랄리아의 활약에 베네픽 국민들도 충격을 받았더군요. 프리즈마를 쫓아내거나 봉인한 것도 아니고 조기에 격파해 버렸으니까요. 베네픽은 카랄리아를 멸망시킬 수는 없더라도 반죽음 상태로 만드는 건 가능하다고 믿고 있었거든요. 그 사실을 확인하기 위해 왕도에 로슈폴 장군과 하이랄 메나스를 보냈던 것이고요. 결국 돌아오지 않았지만요."

로슈폴과 아루루는 현재 기사 아카데미의 교관을 맡고 있었다.

그리고 잉그리스는 두 사람을 돌려보낼 생각이 없다.

이제 두 사람은 잃어서는 안 될 소중한 존재였다.

그만한 실력자가 방과 후마다 특별 훈련이라는 명목으로 대련을 해주고 있는 것이다.

감사하기 이를 데 없는 교육 환경이었다.

"다만 카랄리아의 전력이 감소한 것도 사실이기에 지금이 진격해 들어갈 때라고 주장하는 자들도 있습니다. 베네픽 안에서도 의견이 분분한 상황이랄까요."

"그렇군요……."

"그보다 황녀님과 함께 끌려온 사람들은 어디에 있나요……?! 서두르지 않으면 늦어버릴 거예요……!"

"……모처럼 인연이 닿아 이 자리에 함께하게 되었으니 대답해 드리죠. 하지만 후회해도 책임은 못 집니다."

"그럴 일 없어요! 얼른 말해 주세요!"

"결론부터 말씀드리자면…… 늦었습니다. 어디에 있는지도 여러분이라면 아실 겁니다. 이미 만나셨으니까요."

마치 돌려 말하는 듯한 대답이었다.

"네……?! 늦었다고요……?!"

"예. 더는 어찌할 방법이 없습니다."

유바는 온화한 미소를 지으며 단언했다.

"그, 그게 무슨 뜻인가요……?!"

"제대로 설명해 주세요!"

레오네와 리제롯테도 당황한 눈치였다.

하이랜드에 바쳐졌다면 노예로 삼던가, 적성이 있는 경우 하이랄 메나스로 만들었을 것이다. 그냥 죽여봤자 아무런 이득도 없으니까.

그리고 유바는 말했다. 잉그리스 일행이 이미 그들과 만났다고.

"……입구의 병사들을 말씀하시는 건가요?"

"뭐? 하지만 그 사람들은 하이랜드의 병사잖아, 크리스."

"응……. 하지만 유바 씨는 우리가 이미 황녀님의 측근을 만났다고 단언했잖아. 우리가 도중에 만난 사람은 그 병사들밖에 없어."

"화, 확실히 잉그리스 말대로네……."

"그러면 이미 늦었다는 건 무슨 뜻인가요?"

"……빌마 씨는 그 병사들이 유사 생명체라고 말했지? 그렇다면 유사 생명체의 재료는 하이랜드로 끌려온 인간들 아니었을까."

""뭐어어어어?!""

다른 일행들이 경악하며 외쳤다.

반면 유바는 만족스럽게 박수를 치면서 고개를 끄덕였다.

"이야, 눈치가 빠르셔서 다행입니다. 저 혼자만 불편한 진실을 말하는 악역이 되고 싶지는 않았거든요."

"……그 병사들은 정체가 뭔가요?"

"마나코트라 불리는 인조인간입니다. 미약한 자아만을 보유한 채 하이랜드의 병사로 운용되고 있습니다."

"……굳이 인간을 소재로 하는 이유는요?"

"이곳으로 끌려온 사람들은…… 다들 용광로에 들어간다고 들었습니다. 마나 액기스라는 액체가 잔뜩 들어있는 용광로에요. 안으로 들어간 인간은 몇 초 만에 녹아 없어지고 마나 액기스의 일부가 된다더군요……. 저도 용광로를 실제로 본 적은 없지만요."

"말도 안 돼……! 결국 그 말은……!"

"다들 마나 액기스로 변했다는 건가요……?!"

"이미 늦었다는 게 그런 뜻이었어요……?!"

"그리고 그 마나 액기스를 재련해서 만들어진 것이…… 방금 보셨던 그 병사들입니다. 모든 공정이 눈 깜짝할 사이에 진행되더군요. 정말로 무서운 기술력입니다."

"……그렇네요. 저희가 마이스를 바래다주고 올 때까지 얼마 걸리지도 않았으니까요."

인간을 녹여서 만드는 것이 마나코트라면 하이 마나코트는 순도가 높은 마나 액기스로 제작된 육체인 것일까.

도대체 몇 명이나 되는 인간을 희생시켜 만들어졌을까.

지금으로서는 알 방법이 없지만, 어쨌든 용납하기 힘든 이야기였다.

"마나코트가 편리한 부분은 임무를 마치면 다시 마나 액기스로 되돌릴 수 있다는 점입니다. 살아있는 노예 병사는 배도 고프고, 병에도 걸립니다. 유지비가 든다는 뜻이죠. 하지만 마나코트로 만들어진 병사들은 유지비가 필요하지 않습니다. 그야말로 꿈의 병사라고 할 수 있겠죠. 일루미너스의 공중전함에는 마나 액기스 저장소가 존재해서 필요할 때마다 병사를 생성해 운용하고 있습니다."

"너무해……! 어째서 그렇게 태연하게 이야기할 수 있는 건가요?! 그럴 바에는 노예가 되는 게 차라리 낫겠어요! 적어도 자기 자신으로 살 수는 있으니까요……! 마나 액기스라니, 사람을 죽이는 짓이나 마찬가지예요……!"

유바는 따지고 드는 라피니아를 어리둥절한 눈으로 바라보았다.

"왜 저한테 화를 내시는지 모르겠군요. 마나코트로 병사를 만들고 있는 건 일루미너스에 사는 하이랜더분들입니다."

"……! 으으……."

라피니아는 받아칠 말을 찾지 못하고 입을 다물었다.

이것만큼은 유바의 말이 맞았다.

"실례되는 말이지만 처음 여러분을 만났을 때는 속 편한 사람들이라고 생각했습니다. 이렇게 무서운 장소에서 하하호호 웃으며 지내고 있었으니까요. 저는 하이랜드의 기사님과 대화를 나누는 동안에도 떨림이 멈추질 않았습니다. 자칫하면 마나 액기스가 되어버릴지도 모르니 말이죠……. 하지만 아무것도 모르셨다면 이해가 갑니다."

"……그랬군요. 몰랐어요. 특급 마인을 받았다고 그만 들떠있었나 봐요……."

"레오네뿐만이 아니에요. 저도……."

레오네와 리제롯테는 심각한 얼굴로 입을 다물었다.

"그나저나 꽤 자세히 알고 계시네요. 이곳에 거주하는 한 하이랜더 소년은 일루미너스에 지상인이 없다고 했거든요. 노예를 부리는 건 나쁜 짓이라고도 했고요."

빌마조차 마나코트와 병사들의 연관성에 대해서 정확하게 파악하지 못한 듯 보였었다. 차마 말하기 힘들어서 얼버무렸을 가능성도 있지만.

하지만 어느 정도 눈치는 채고 있었을 것이다.

인신매매가 이루어지고 있다는 사실은 이해하는 듯 보였으니까.

반면에 마이스를 비롯한 일반 하이랜더들은 아무것도 모를 가능성이 높았다. 마이스에게 지금의 상식을 가르쳐 준 것은 같은 하이랜더들일 테니까.

"뭐, 그렇죠. 저희 상회는 대대로 일루미너스와 거래해 왔으니까요……. 이런저런 이야기를 들을 기회가 있었습니다."

윌킨 박사 같은 상층부의 인물과 대화를 나눌 정도로 긴밀한 관계라는 뜻이리라.

유바가 해준 이야기는 일반인들에게 알려지지 않은 정보였으니까.

"노예는 안 되면서 마나 액기스는 괜찮다니……! 그건 이상하잖아……!"

라피니아는 어깨를 떨면서 다시 잉그리스 옆에 앉았다.

처음의 기세는 온데간데없었다.

"응. 라니 말이 맞아."

잉그리스가 라니의 등을 부드럽게 어루만지며 말했다.

하이랜드에서 즐겁게 관광하는데 옆에서 찬물을 끼얹은 느낌이었다. 충격이 컸을 것이다.

"저도 그 말씀에는 전적으로 동의합니다. 저희 지상인 입장에서는 완전히 기만당하는 꼴이니까요. 화까지 납니다. 다만, 마나 액기스는 마나코트뿐 아니라 도시 기능의 동력원 역할도 한다더군요. 굉장히 편리한 소재인 건 사실입니다."

"노예처럼 눈에 보이는 것이면 죄책감이 느껴지지만, 보이지만 않으면 죄책감을 느낄 일도 없다…… 뭐, 그런 뜻이겠죠. 이런 점은 하이랜더도 지상인들과 크게 다르지 않네요."

잉그리스의 말에 유바가 쓴웃음을 지었다.

"하하하. 그럴지도 모르겠군요……. 당신은 정말로 어린 애가 맞나요?"

"사정이 있어서 어린아이의 모습을 하고는 있지만, 원래는 16살이에요."

"호오, 그랬군요……. 하지만 16세라 하더라도 평범하진 않아 보이네요. 대부분의 16세는 저분들 같은 반응을 보이는데 말이죠……."

라피니아와 레오네, 리제롯테는 유바의 말에 대꾸할 기력도 없는 모양이었다.

"다들 착해서 그래요. 저는 깊게 생각하지 않고 움직이는 편이거든요."

"후후후. 저분들이 착하다는 건 공감합니다만, 당신이 깊게 생각하지 않는다는 건 납득하기 어렵군요."

"그런가요?"

잉그리스는 미소로 얼버무렸다.

"어쨌든 제가 드리고 싶은 말은 지상인에게 있어 이상적인 하이랜드란 존재하지 않는다는 겁니다. 이곳 일루미너스가 지상인에게 상냥한 곳이라고 생각하셨다면 크나큰 착각입니다. 저희 상회의 최대 고객이 바로 이곳입니다. 그게 무슨 뜻인지 아시겠지요?”

결국 지상의 인간을 가장 많이 사들이고 있다는 이야기였다.

마나 액기스 기술은 유지비 측면에서도 훨씬 저렴했다. 노예를 먹이고 키워 줄 필요가 없으니까.

즉, 대량으로 매입해도 문제가 없다는 뜻이었다.

“다른 하이랜드에는 이 기술이 없다는 말인가요?”

“예. 제가 알기로는 말이죠. 특히 교주련 측에서는 이러한 기술을 허락하지 않거든요. 대대적인 보급은 하지 않았을 겁니다. 현재로서는 일루미너스만의 전매특허인 셈이죠. ……저는 이곳이 가장 무서운 하이랜드라고 생각합니다. 그래서 최대 거래처로 삼은 것이기도 하지만요.”

“그렇군요……. 유용한 정보 고맙습니다.”

잉그리스가 머리를 꾸벅 숙였다.

“아닙니다……. 어디를 가든 저희는 하이랜더의 가축이나 다름없는 존재입니다. 이들이 저희의 목숨을 가져가는 것은 저희가 소나 돼지를 잡아먹는 것과 같은 이치죠. 대등한 관계는 애초부터 불가능합니다. 저희는 자신의 차례가 오지 않기만을 빌면서 그들에게 아부하며 살아갈 수밖에 없습니다. 여러분도 부디 조심하시길.”

“네, 알겠습니다. 라니, 레오네, 리제롯테, 이만 돌아가자. 조금 쉬는 게 좋겠어. 황녀님에 대한 건 나중에 빌마 씨한테 물어보기로 하자.”

슬슬 빌마가 봉쇄해 놓았던 통로가 열릴 시간이었다.

제5장 ◆ 16세의 잉그리스 바다 위의 하이랜드 5

그리고 이틀 뒤 심야.

잉그리스와 라피니아는 이전에 물놀이를 했던 해안가에 와 있었다.

레오네와 리제롯테는 이미 잠들어 있을 시간이었다.

두 사람이 이곳에 이유는 한 가지. 야식 때문이었다.

배가 고파져서 물고기를 잡아 구워먹고 있었던 것이다.

"하아……. 슬슬 생선도 질리기 시작했어."

라피니아는 그렇게 말했지만 벌써 몇 마리나 되는 생선이 뼈로 변해버린 상태였다.

"최근에는 이것밖에 안 먹었으니까."

"하지만 그런 이야기를 들었는데 어떻게 이곳에서 나온 밥을 먹겠어……."

기본적인 식사라면 언제든지 제공되었지만 이는 마나 액기스로 동작하는 도시의 기능 중 하나였다.

그래서 도저히 식사할 마음이 들지 않았던 네 사람은 바다에서 끼니를 해결하고 있었다. 최소한의 저항이었다.

어떤 의미로는 바다가 가까워서 다행이었다. 역시 마지막에 기댈 수 있는 건 자연의 은혜뿐이었다.

"일단 카랄리아로 돌아갈까?"

일루미너스는 여전히 복구 중에 있었다. 따라서 린을 고치겠다는 목적도 아직 달성하지 못한 상태였다.

"글쎄. 아직 린을 진찰받지도 못했는걸……."

라피니아는 옆에 앉은 잉그리스를 들어 올려 자기 무릎 사이에 앉혔다.

"하지만 세오도어 특사님도 화를 내지는 않으실 거야. 일루미너스 섬이 추락했을 거라고는 예상하지 못했을 테니까."

"응……. 마이스를 다시 만나면 무슨 말을 해줘야 할지도 잘 모르겠어."

그렇게 말한 라피니아는 잉그리스를 곰인형처럼 꼭 끌어안았다.

이런저런 불안들을 누그러트리기 위해서일 것이다.

"그러게. 설명하게 어렵겠네."

일루미너스는 노예 제도가 나쁘다는 입장을 내걸어 지상과 우호적인 관계를 유지하고 있다.

하지만 뒤에서는 마이스와 일반 주민들 모르게 지상의 인간들을 모아 마나 액기스로 만들고 있었다. 그리고 그것이 이 진보된 도시의 핵심 동력이었다.

이 사실을 마이스에게 말하면 과연 믿어줄까?

설령 믿는다 하더라도 마이스의 가치관을 크게 흔드는 결과로 이어질 것이다.

그것은 하이랜더인 마이스에게 있어 불행한 일이 아닐까.

여기까지 생각하면 진실을 털어놓는 것이 마냥 쉬운 일은 아니었다.

애초에 잉그리스 일행도 유바를 통해 이야기를 전해 들었을 뿐이다.

마나 액기스 제조 공장을 무력화한 것도 아니었고, 빌마나 윌킨 박사에게 제대로 확인한 것도 아니었다.

하지만 그렇다고 함부로 캐물을 생각은 없었다.

면전에서 이 사실을 언급하면 상대가 어떻게 나올지 모르기 때문이다.

이쪽은 에리스의 신병을 인질로 잡힌 상태다. 섣부른 짓은 금물이었다.

"지상과 하이랜드가 대등한 관계가 되기는 정말로 불가능한 걸까……."

"유바 씨가 했던 말이네."

"린…… 아니, 세이린 님과 세오도어 특사님을 보면 가능할 것만 같거든……. 하지만 두 사람도 결국은 일루미너스에서 태어났으니…… 유바 씨의 말이 맞는 걸까?"

"유바 씨의 말도 결국에는 개인의 의견이잖아. 라니는 라니의 방식대로 생각하면 돼. 뭐, 제일 편한 건 아무 생각도 하지 않는 거지만."

"……아니. 그래선 안 된다는 생각이 들어……. 게다가 내가 제대로 생각하지 않으면 크리스가 무슨 행동을 벌일지 모르는걸."

"맞아. 나는 라니의 종기사니까. 라니가 하는 말을 따르는 게

내 일이야."

"……전혀 반성을 안 하네."

"응. 나는 라니랑 함께하고, 강한 적과 싸울 수 있으면 그걸로 만족이야."

여기에 선악이나, 신념, 사상이 끼어들 여지는 없었다.

"크리스는 정말 한결같구나. 인생이란 원래 고민으로 가득한 거 아니었나……. 가끔은 진지한 표정이나 마음에 상처를 받은 모습을 보여달란 말이야."

라피니아가 두 손으로 잉그리스의 뺨을 뭉개며 말했다.

"오효효효……. (아하하하…….)"

"우리들, 지금까지 꽤 분발해 해왔다고 생각해. 유미르에서는 마석수를 잔뜩 쓰러트리고, 왕도에 떨어진 공중전함을 막아내고, 리플 씨를 도와주고, 국왕 폐하의 암살을 저지하고, 알카드에서는 프리즈마까지 쓰러트렸잖아?"

"므자. 르니 믈드르햐. (맞아. 라니 말대로야.)"

"하지만 우리가 그렇게 애썼는데도…… 아무것도 변하지 않은 것 같아……."

라피니아는 나지막이 중얼거리며 밤하늘을 올려다보았다.

"프리즘 플로는 여전히 내리고 있고, 마석수로부터 스스로를 지키려면 마인무구가 필요해. 하지만 마인무구를 얻기 위해서는 지상의 식재료와 인간의 목숨을 대가로 바쳐야 해……. 삼대공파 사람들도, 교주련의 사람들도 사실은 다르지 않았어. 지상의 인간을 노예로 삼느냐, 마나 액기스로 만드냐의 차이일 뿐이잖아. 그러면 마석수에게 죽든 하이랜더에게 죽든 결국 똑같은 게 아닐까……? 게다가 카랄리아에서 하이랜드에 인간을 팔아넘기는 걸 금지해도, 베네픽에서는 당연하다는 듯이 거래가 이뤄지고 있었어……. 유바 씨처럼 지금의 상황을 납득하는 사람이 존재하는 이상 아무것도 변하지 않는 게 아닐까……."

라피니아는 다시 손을 내려 잉그리스를 꼭 끌어안았다.

감정이 북받쳤는지 목소리와 두 팔이 떨리고 있었다.

"……만약 지상의 모든 국가가 하이랜드에 공물을 바치길 거부한다면 이번에는 하이랜더들의 생활이 곤궁해질 테지. 그러면 하이랜드에서 인간 사냥을 시작하게 될 테고, 지상에서 이를 막으려고 한다면 하이랜드와 전쟁이 벌어질 가능성이 높아."

"응. 그렇게 되면 결국 수많은 인간이 죽게 될 거야. 마인무구도 얻지 못해서 마석수로 인한 피해도 막심할 테고……. 설령 전쟁에 이겨서 마인무구 기술을 빼앗더라도 마이스 같은 희생자가 나온다는 뜻이잖아……."

"혈철쇄 여단이 하려는 짓이지."

반하이랜드 활동이란 그런 것이었다.

"그래서는 서로의 입장만 바뀔 뿐, 아무것도 변하지 않아……."

만약 혈철쇄 여단에 의해 하이랜드의 마인무구 제조 기술이 지상에 보급된다면 하이랜드는 기술적 우위를 잃어버리게 된다. 그렇게 되면 하이랜더들은 프리즘 플로가 내리는 지상에서 살아가지 못하는 허약한 종족으로 전락할 것이다.

지상의 물자마저 얻지 못한다면 대부분은 굶어 죽을 것이다.

나아가 멸종으로 이어질 수도 있었다.

라피니아는 그런 결말을 원하지 않는 모양이었다.

"아아아아아~! 이제는 뭐가 뭔지도 모르겠어……! 도대체 어쩌라는 거야……? 뭐라도 바꾸려 하면 문제가 생기잖아……! 그렇다고 지금 이대로 괜찮냐면 그건 또 절대 아니고……!"

라피니아가 머리를 마구 헝클어트렸다.

"많은 걸 알게 됐구나, 라니."

잉그리스는 헝클어진 라피니아의 머리카락을 원래대로 가다듬어 주었다.

"현실은 복잡한 거야. 어려운 게 당연해."

현실이란 아무런 이유 없이 존재하지 않는다. 복잡한 필연에 의해 생겨난 결과물이었다.

하지만 너무나도 다양한 과정과 요인이 작용하기에 그 실체를 파악하는 것조차 쉽지 않았다.

게다가 현실을 파악했다 하더라도 다다른 결론은 남들과 다를 수 있었다.

하이랜더가 지상의 인간을 가축처럼 취급하는 것.

그것을 어쩔 수 없는 희생이라고 해석할 수도 있었다.

반대로 용서하기 힘든 폭거이며, 따라서 하이랜드를 타도해야 한다고 생각할 수도 있었다.

다만, 잉그리스는 이 시대의 정의는 이 시대의 사람들이 결정하면 된다는 생각이었다.

냉정하게 말하자면 이 시대의 사람들이 어떤 결론을 내리든, 언젠가는 다 사라질 것들이다.

시간의 흐름이란 잔혹한 것. 이 세상에 영원불변한 것은 존재하지 않는다.

실제로 전생의 잉그리스 왕이 쌓아 올렸던 실베르 왕국은 현재 흔적도 없이 사라졌다.

따라서 무엇을 하든 무의미한 짓……이라고 말할 생각은 없었다.

라피니아는 자신이 옳다고 생각하는 길을 나아갔으면 했다.

잉그리스는 곁에서 그런 라피니아를 지켜보며 살아갈 것이다.

다만 그 길에 강력한 적들이 우글거리기를 희망할 뿐이었다.

"아무것도 안 하겠다는 건 아냐. 하지만 뭘 해야 할지를 모르겠어."

"서두를 거 없어. 몰랐던 사실을 알게 된 것만으로도 커다란 수확이니까. 아마 세오도어 특사도 우리가 알기를 바랐던 걸 거야. 그래서 에리스 씨와 동행시킨 거겠지."

알려지길 원하지 않았다면 에리스만 보내는 것으로 충분했다.

린을 고친다는 명분이 있기는 했지만, 반드시 잉그리스 일행이 움직일 필요는 없었다.

물론 억측일 수도 있었다. 하지만 적어도 알려져도 상관없다고는 생각했을 것이다.

"……세오도어 특사님은 전부 알고 있었다는 뜻이야?"

"응. 기공님의 아들이잖아. 아마도 세오도어 특사가 기공님의 뒤를 잇게 되지 않을까? 그런 사람이 몰랐을 리가 없지."

"기공님의 뒤를 잇는다니…… 세오도어 특사님이 일루미너스와 하나가 된다는 거야?!"

"언젠가는 그렇게 될지도 몰라. 세오도어 특사가 그걸 바라는지 아닌지는 모르겠지만. 돌아가면 이야기를 나눠보는 게 좋겠어."

"응……. 아! 그러면 린…… 아니, 세이린 님도 전부 알고 있었을 거야……!"

라피니아가 잉그리스의 머리 위에 올라가 있는 린을 빤히 쳐다보며 말했다.

"그럴지도……. 세이린 님도 기공님의 딸이니까. 세오도어 특사의 동생이기도 하고."

"그렇구나……. 그 당시의 우리는 들어봤자 제대로 이해하지 못했을 테니……. 말하고 싶어도 말하지 못했을 거야, 분명."

라피니아는 린의 작은 머리를 쓰다듬어 주었다.

성격이 난폭한 린은 여차하면 물어뜯기 일쑤였지만 지금만큼은 얌전히 있었다.

"……세이린 님도 뭔가를 바꾸려고 필사적이었던 걸까……?"

"아마도……. 세이린 님이 진심이었다는 건 나한테도 전해졌어."

세이린의 최종 목적이 무엇이었는지는 잉그리스도 알지 못했다.

다만, 하이랜더임에도 불구하고 지상의 인간들을 진심으로 아꼈다는 것만큼은 분명했다.

위태로운 모습도 보였지만 따뜻한 마음을 가진 인물이었다.

그런 점에서는 라피니아와 닮았다는 생각이 들었다.

그래서일까. 짧은 만남이었지만 두 사람은 굉장히 친해져 있었다.

"……다시 한번 세이린 님과 대화를 나눠보고 싶다……. 그렇지, 린?"

라피니아가 린의 얼굴에 뺨을 문지르며 말했다. 미소를 짓는 라피니아의 눈동자는 축축하게 물들어 있었다.

린도 물어뜯는 대신 라피니아의 뺨에 머리를 기댔다.

라피니아의 마음이 전해진 듯 보였다.

"……좋아, 정했어!"

"응. 어떻게 할래, 라니?"

"린을 진찰할 때까지 일루미너스에 남을래! 한시라도 빨리 세이린 님과 이야기를 나눠보고 싶어……!"

"응, 알았어. 그러면 물고기를 잔뜩 잡아야겠네."

"그러자! 아, 하지만 생선은 이제 지겨운데……. 평범한 고기가 먹고 싶어. 아니면 채소라던가!"

"흐음. 하지만 여기는 바다 한복판인걸……. 아, 해초라면 얻을 수 있겠다."

"좋아, 그럼 미역이다! 미역을 따다 줘, 크리스!"

"어? 나 혼자?"

"크리스는 바다 위를 달리면서 채집할 수 있잖아?"

"라니도 스타 프린세스호로 저공비행을 하면……."

"싫어! 고민하느라 지쳤단 말이야! 린이랑 여기서 기다릴 테니까 다녀와 줘, 크리스!"

"어휴……. 그래, 알았어. 얼른 갔다 올게."

그래도 이렇게 생떼를 부린다는 건 어느 정도 기운을 되찾았다는 뜻이었다.

잉그리스는 라피니아의 무릎에서 일어나 용마법을 발동시켰다.

"됐다. 영차……!"

빙룡 갑옷을 착용하고 바다로 폴짝 뛰어내리는 잉그리스.

쩌저적 얼어붙은 바닷물이 잉그리스의 몸을 지탱해 주었다.

"그런데 어두워서 앞이 잘 안 보이네……."

"뭘 걱정해. 크리스가 빛나면 되잖아!"

"아하. 맞는 말이네."

에테르 셸을 둘러서 수면을 밝히면 미역이 어디에 있는지 정도는 구분이 가능할 것이다.

신의 힘인 에테르를 미역 찾는 데 사용하다니.

하지만 라피니아를 위해서라면 모든 게 용서되었다.

"그럼 가볼까. 하아아앗!"

잉그리스가 달려 나가려던 그 순간…….

콰과아아아아아아아아앙!

고요한 밤하늘에 굉음이 울려 퍼졌다.

"……?!"

잉그리스가 낸 소리가 아니었다.

"에에에엑?! 뭐, 뭐지……?!"

라피니아도 화들짝 놀라서 벌떡 일어났다.

"라니……! 저길 봐! 중앙 연구소가……!"

중앙 연구소에서 불길이 치솟고 연기가 피어올랐다.

"무, 무슨 일이야……?! 공격당하고 있는 건가……?!"

"모르겠어. 사고일지도 모르지만……."

콰과앙! 콰과앙! 콰과아아아앙!

이번에는 연속해서 폭발이 일어났다.

"라니, 지금 봤어?!"

"응……! 외부에서 빛이 날아왔어! 공격당하고 있나 봐……!"

"도대체 누굴까?! 하이랜드에 쳐들어 올 정도면 상당한 실력자인 게 틀림없어! 기대되는걸!"

"좋아하지 마! 지금 비상사태거든?!"

잉그리스가 반색을 표하자 라피니아가 버럭 화를 냈다.

"어쨌든 빨리 가보자!"

"응!"

두 사람은 서둘러 스타 프린세스호에 탑승했다.

현장이 가까워지자 어느 정도 상황을 파악할 수 있었다. 이미 교전이 시작돼 있었다.

중앙 연구소 안에서 뛰쳐나온 하이랜더들이 마법으로 응전하고 있었다.

"이런 짓을 하다니, 도대체 누구냐!"

"지금은 생각하고 있을 때가 아냐! 일단 공격부터 해! 곧 기사님들이 도착하실 거다!"

""아, 알겠다!""

빌마와 다른 기사들의 모습은 아직 보이지 않았지만, 기본적으로 하이랜더는 마법을 사용할 줄 아는 자들이었다.

이들의 마법이 섬광과, 화염, 얼음의 화살이 되어 습격자를 향해 날아갔다.

"우와……! 굉장해……!"

라피니아가 눈을 휘둥그레 떴다. 하이랜더들이 구사하는 마법의 위력은 그만큼 강력했다.

게다가 하이랜더는 마인무구와 달리 여러 종류의 마법을 구사할 수 있었다.

중앙 연구소에서 일하는 하이랜더들이 엄선된 자들임을 감안하더라도 대단한 전력이었다. 상급 기사에 필적하는 비전투원이 이만큼이나 존재한다는 것은 하이랜드와 지상의 격차를 실감하게 만드는 또 하나의 사실이었다.

"오오. 상당히 강력한 공격이네. 맞아보고 싶다……!"

저들의 공격으로 빙룡 갑옷의 강도를 실험해 보고 싶었다.

"어휴. 도대체 누구 편이야?"

"가능하면 양쪽하고 다 싸우고 싶어……!"

"크리스! 이상한 짓 하면 못쓴다?"

"응. 라니가 하지 말라면 안 할게. 그리고 저쪽만으로도 충분히 즐거울 것 같거든."

저쪽에 해당하는 습격자의 모습은 쏟아지는 마법에 가려져 보이지 않았다. 하지만 아직 건재하다는 것만큼은 분명했다.

하이랜더들의 화력을 비유하자면 수십 명의 라피니아, 레오네, 리제롯테가 일제히 공격을 퍼붓는 것과 비슷했다.

아니, 레오네는 특급 마인을 얻었으니 제외하는 게 나을 것이다.

어쨌든 그만큼 강력한 집중포화를 견뎌내는 것이다. 습격자는 그 이상의 실력자인 건 틀림없었다.

앞으로의 싸움이 기대되는 대목이었다.

""이, 이만큼 공격했으면 됐겠지?!""

""해, 해치웠나……?!""

하이랜더들이 공격을 멈추고 상태를 살폈다.

자욱한 연기가 습격자의 모습을 감추고 있었다. 그리고 그 순간…….

쿠과과과과과과과!

연기 속에서 땅을 뒤흔드는 듯한 충격파가 방출되었다.

""이럴 수가……! 아직도 멀쩡한 건가?!""
""바, 방어 결계를 펼쳐라! 서둘러!""
""우와아아아아아아아앗!""
하이랜더 전원을 집어삼킬 만큼의 위력을 지닌 충격파였다. 충격파가 도착한다면 하이랜더라 하더라도 무사하지 못할 터였다. 다수의 희생자가 나올 것이다.
그런데 그때 충격파 앞으로 뛰쳐나가는 작은 그림자가 있었다.
물론, 잉그리스였다.
이렇게 강력한 공격을 구경하고만 있을 수는 없었다.
빙룡 갑옷의 강도를 시험할 절호의 기회였다.
""……?! 너는?!""
""저런 어린애가……! 위험해! 물러나!""
뒤쪽에서 비명에 가까운 고함 소리가 들려왔다. 하지만 잉그리스는 고개를 돌려 빙그레 웃어 보일 뿐이었다.
"걱정하실 것 없어요. 지켜보고 계세요!"
자그만 팔을 활짝 펼치고 밀려오는 충격파를 막아서는 잉그리스.
피하거나 방어하지 않고 정면에서 받아낸 것이다.
그래야만 빙룡 갑옷의 강도를 시험해 볼 수 있었다.
에테르 셸과 병용이 가능한 것은 알아냈지만 방어구로서의 순수한 성능은 아직 확인해 보지 못했다.
빙룡 갑옷과 충격파가 부딪치며 거대한 굉음과 회오리가 발생했다.

""우와……! 저 아이, 정면으로……!""

""그, 그런데 충격파도 멈췄어……!""

믿기지 않는 광경에 하이랜더들이 눈을 휘둥그레 떴다.

"후후후……! 멋진 공격이에요! 방심하면 눈 깜짝할 사이에 날아가 버리겠어요……!"

바닥에 단단히 고정한 다리가 뒤쪽으로 조금씩 밀려날 정도였다.

상당한 위력이었다. 실전 상대로 모자람이 없었다.

""우, 웃고 있어, 저 아이……!""

""어, 어떻게 저런 상황에서 웃을 수 있는 거지……?!""

하이랜더들의 전율이 놀라움으로 바뀌는 사이, 잉그리스와 충격파의 힘겨루기도 결말을 맞이했다.

충격파가 소멸한 대신 잉그리스의 갑옷도 산산조각이 나고 말았다.

굳이 말하자면 무승부였다.

하지만 저만한 공격을 막아냈으니 방어 성능은 확실하다고 볼 수 있었다.

"응. 제법 튼튼하네. 이 정도면 합격점인가."

일단 빙룡 갑옷의 실험 결과는 만족스러웠다.

이제 남은 건 상대방이 만족스럽게 싸울 만한 강적인지를 확인하는 것뿐이었다.

"자, 누구인지는 모르겠지만 제가 상대해 드리겠습니다!"

잉그리스는 힘겨루기의 여파로 모습이 반쯤 가려진 상대방을 향해 외쳤다.

"……굳이 저를 막으시겠다면야."

연기가 걷혔다.

상대의 모습이 드러난 순간, 잉그리스는 자신이 잘못 말했다는 사실을 깨달았다.

누구인지는 모르겠지만. 이 표현은 옳지 않았다.

잉그리스의 눈앞에 나타난 것은 기다란 금발에 날씬한 몸매를 지닌 미인이었다.

"어……?! 리, 리제롯테……?!"

"마, 말도 안 돼……! 리제롯테! 네, 네가 왜 거기에 있어?! 어, 얼른 그만둬!"

잉그리스가 헛것을 본 것이 아니었다.

스타 프린세스호에 타고 있는 라피니아도 놀란 나머지 목소리가 갈라져 있었다.

하지만 리제롯테 본인은 그저 담담하기만 했다.

고개를 살짝 갸웃했을 뿐, 이쪽을 완전히 무시하고 있었다.

심지어는 손에 든 할버드를 겨누기까지 했다.

"리제롯테……?! 우리를 못 알아보는 거야?"

"리제롯테! 어떻게 된 거야?! 대답해 줘! 리제롯테!"

리제롯테를 향해 외치면서 잉그리스는 위화감을 느꼈다.

리제롯테의 기척이 평소와는 확연하게 달랐다.

이 강렬한 존재감은 평범한 기사 아카데미 학생의 것이 아니었다.

"잠깐……! 저건 우리가 알던 리제롯테가 아니야!"

"어? 그게 무슨 뜻이야, 크리스……?!"

"이건 에리스 씨한테서 느껴지던…… 하이랄 메나스의 기척이야, 라니!"

리제롯테가 들고 있는 할버드도 평소에 사용하던 것과는 달랐다. 금색으로 빛나고 있었고, 도끼 부분이 상당히 거대했다.

저것은 하이랄 메나스가 소환한 자신의 무기다.

"뭐어어어어?! 리제롯테가 하이랄 메나스가 됐다고?! 대 대단한 적성을 지녔다고 듣기는 했지만, 왜 우리한테 말도 없이……! 하지만 하이랄 메나스가 됐는데 왜 우리를 알아보지 못하는 거야?! 여기를 공격하는 이유는 또 뭐고……!"

"그건 나도 모르겠어……!"

하이랄 메나스가 되면서 기억을 잃어버린 건가? 아니면 새로운 기억을 주입당한 걸까?

에리스나 리플을 보면 아닐 것이라고는 생각하지만, 어쩌면 그녀들도 본인 모르게 기억을 조작당했을 수 있었다.

하이랄 메나스가 되기 전의 에리스와 리플을 모르기에 판단할 방법이 없지만.

다만, 지금의 리제롯테는 확실히 어딘가 이상했다.

심지어 중앙 연구소를 공격하고 있었다.

만약 리제롯테의 기억을 조작한 것이라면 엄청난 자충수가 아닐 수 없었다.

"싸울 생각이 없다면 비키세요. 애먼 아이에게 고통을 줄 생각은 없습니다."

"미안하지만 그럴 수는 없겠는걸……!"

아무리 잉그리스라도 이 상황에서 싸움을 즐길 수만은 없었다.

일단 제압하고 무슨 일이 있었는지 자세하게 조사해 볼 생각이었다.

"그렇다면 봐주지 않겠어요!"

땅을 박차고 도약하는 리제롯테.

그녀의 등에 날개는 달려있지 않았지만, 돌진 속도만큼은 잉그리스가 아는 리제롯테와 비교를 불허했다.

"……빨라!"

잉그리스는 창끝에 머리카락을 한 움큼 잘리고 말았다. 완벽하게 회피했다고 생각했건만.

상대방의 공격 속도가 잉그리스의 예상을 뛰어넘었다는 증거였다.

이어서 날아온 연속 찌르기가 잉그리스의 옷과 피부를 스치고 지나갔다.

에리스와 시스티아의 공격이라면 이 상태로도 완전히 회피할 수 있었을 것이다.

몸은 작아졌을지 몰라도 잉그리스가 약해진 것은 아니었다.
아니, 오히려 나날이 훈련에 매진한 잉그리스는 에리스와 대련하던 때보다도 강해져 있었다. 에테르 기술을 사용하지 않았을 때도 마찬가지였다.
그럼에도 리제롯테의 공격은 잉그리스를 따라잡고 있었다.
"그렇다면……!"
공격을 피하지 않고 받아넘기면 된다.
잉그리스도 무기를 준비했다. 용마법, 빙룡검이다.
다만 발동하기 위해서는 약간의 시간이 필요했다.
잉그리스는 공격을 피하면서 뒤쪽으로 크게 도약했다.
"빈틈!"
하지만 리제롯테는 그 간격조차 단숨에 좁혀 들어왔다.
리제롯테가 크게 휘두른 할버드에서 방금 전에 보였던 충격파가 뿜어져 나왔다.
"윽……?!"
충격파에 적중당한 잉그리스는 뒤쪽으로 튕겨나 중앙 연구소의 벽에 충돌했다.
콰아아아아아아앙!
벽이 움푹 파이면서 커다란 구멍이 생겼다.
"크리스?!"
""으아아……!""
""엄청난 위력이다……!""

리제롯테가 전율하는 하이랜더들을 향해 할버드를 치켜들었다.
""이쪽을 공격하려나 봐!""
""다, 다들 도망쳐!""
하지만 충격파가 뿜어져 나오는 일은 없었다.
맑은 금속음과 함께 리제롯테의 할버드가 저지당했기 때문이다.
얼어붙은 송곳니 모양의 검.
칼날에서는 살아있는 용처럼 그르렁거리는 소리마저 들려왔다.
순간적으로 에테르 셸을 발동시켜 충격파를 막아냈던 잉그리스가 다시금 날아와 빙룡검으로 리제롯테의 공격을 가로막은 것이다.
"사람들을 해치면 안 돼. 나중에 라니한테 혼날 거야……!"
"누구를 말리는 표정으로는 보이지 않는데요?"
"후후후……! 리제롯테가 이렇게 강해져서 그런가 봐."
예상외의 접전에 즐거워지고 말았다.
이렇게 힘 겨루기를 하면서도 잉그리스가 밀릴 정도였다.
눈앞의 리제롯테는 평상시보다도, 아니, 같은 하이랄 메나스들보다도 훨씬 강력했다.
윌킨 박사는 하이랄 메나스의 적성에 대해서 이야기한 적이 있었다. 리제롯테의 적성이 극도로 높았기에 여타 하이랄 메나스와는 격을 달리하는 존재가 되어버린 것일까.
"제 이름은 리제롯테가 아닙니다……!"

"뭐?! 그게 무슨……?!"

자신의 이름을 언급해서 기억에 혼란이 온 건가?

아니면 정말로 별개의 인간인 것일까?

이렇게 코앞에서 관찰하니 잉그리스가 아는 리제롯테보다 나이가 약간 더 많아 보이기는 했다.

하지만 다른 사람이라고 장담할 수는 없었다. 하이랄 메나스화로 인한 변화일지도 모르니까.

"크리스, 왜 그래?!"

"리제롯테가 아니래!"

"뭐어?! 그, 그럼 누구인데……?!"

라피니아가 저렇게 말하는 것도 무리가 아니었다.

다른 사람이라고 하기에는 너무 비슷하게 생겼다. 목소리도, 생김새도.

하지만 본인은 아니라고 한다.

잉그리스가 보기에는 하이랄 메나스화로 기억에 혼란이 왔다고 생각하는 게 오히려 그럴듯했다. 어느 쪽이 사실일까.

그리고 곧 답이 나왔다.

"잉그리스! 라피니아!"

"뭐가 어떻게 된 건가요?!"

머리 위쪽에서 목소리가 들려온 것이다.

하얀색 날개를 단 리제롯테가 레오네를 끌어안은 채로 잉그리스를 바라보고 있었다.

""리제롯테?!""

잉그리스와 라피니아가 화들짝 놀라서 외쳤다.

"뭐, 뭔가요……? 왜 그렇게 놀라는 거죠?"

"그, 그게……!"

"잘 봐봐! 크리스랑 싸우는 사람……!"

그제야 레오네와 리제롯테도 상대를 제대로 인식한 모양이었다.

"에에에엑?! 리제롯테가 둘이나……?!"

"저, 저랑 똑같이 생겼어요……! 이, 이게 어떻게 된 건가요?! 다, 당신은 누구죠?! 어째서 저하고 똑같은 얼굴을……!"

이렇게 눈앞에서 직접 비교해 보니 하이랄 메나스 쪽이 조금 더 어른스러운 용모를 하고 있었다.

리제롯테도 비슷한 연령대의 소녀들보다 어른스럽게 생긴 편이었는데, 그런 리제롯테가 굉장히 귀여워 보일 정도였다.

반대로 하이랄 메나스 쪽은 굉장히 세련되고 우아한 느낌이었다.

다만, 그 미모도 지금은 놀라움으로 물들어 있었다.

"그건 제가 할 말이에요……! 어떻게 저와 똑같은 모습을……!"

"뭐가 됐든, 리제롯테가 아니라면……!"

마음껏 싸워도 괜찮다는 뜻이었다.

잉그리스는 온 힘을 다해서 눈앞의 할버드를 밀어냈다.

"크윽……! 이 작은 몸집에서 용케도 이만한 힘이……!"

"하이랄 메나스가 하이랜드를 습격하다니, 심상치 않은 전개네요……! 드디어 삼대공파와 교주련의 전면 전쟁이 시작되는 건가요……?! 기대되는군요. 저도 끼워주세요……!"

리제롯테가 아니라면 적대 세력의 하이랄 메나스라는 뜻이었다.

삼대공파인 기공의 본거지가 습격당했으니 상대는 교주 연합 측 인물일 가능성이 높았다.

혈철쇄 여단 소속이라고 생각할 수도 있겠지만, 리제롯테와 똑같이 생긴 하이랄 메나스가 혈철쇄 여단에 있었다면 흑가면이나 시스티아가 리제롯테를 보고 어떠한 반응을 보였을 것이다. 하지만 여태껏 그런 징후는 없었다.

게다가 상대의 침입 경로도 마음에 걸렸다. 가장 가능성이 높은 것은 유바의 공중 전함이었다.

일루미너스 섬은 현재 절해의 고도가 되어 있었고, 외부의 출입은 빌마가 철저하게 관리하고 있었다.

외부에서 온 것이라고는 잉그리스 일행과 유바의 공중전함밖에 없었다.

어쩌면 마석수에게 습격당하고 있었던 것은 의심을 피하기 위한 위장 전술일지도 몰랐다.

게다가 유바의 아젤스탄 상회는 노예상이었다.

실제로 베네픽의 멜티나 황녀가 잡혀 온 것을 보았고, 그녀가 하는 말도 들었다.

따라서 지상의 인간을 지키려는 혈철쇄 여단의 소행이라고는 생각하기 어려웠다.

혈철쇄 여단과 이 하이랄 메나스는 무관할 것이다.

그렇다면 역시 교주 연합측 인물이 삼대공파에 기습을 감행했다고 판단할 수밖에 없었다.

아젤스탄 상회를 전면에 내세워 시치미를 뗄 생각일지도 모르지만, 과연 그걸로 무마할 수 있을까?

자칫하면 삼대공파와 교주 연합의 전면 전쟁으로 발전할 가능성도 있었다.

아니, 오히려 전쟁을 피할 수 없는 상황이기에 이런 짓을 감행한 걸지도 몰랐다.

지금까지 삼대공파와 교주 연합의 대립은 지상의 국가를 이용한 대리전쟁의 양상을 보이고 있었다. 그리고 지금 잉그리스는 그 관례가 깨지는 장면을 목격하고 있는 것일 수도 있었다.

지상에서는 세오도어 특사와 윈젤 왕자가 중심이 되어 각국의 융화를 도모하고 있었다. 그 기반이라고 할 수 있는 것이 범국가적 조직인 봉마 기사단이었다.

이러한 활동에 대한 교주련의 보복이자 견제라고 생각할 수도 있을 것이다.

이곳 일루미너스는 세오도어 특사의 출신지다.

물론 지상인 입장에서는 어느 쪽이나 하이랜드인 건 마찬가지지만, 삼대공파와 교주 연합이 본격적으로 충돌한다면 지상인들이 누구의 편을 들 것인지도 명확해질 것이다.

총구가 자신들에게 향하지 않는다는 전제가 붙지만.

어쨌든 잉그리스는 강한 적이 눈앞에 나타나 주기만 한다면 그걸로 족했다. 그 외에는 아무것도 바라지 않았다.

“삼대공파와의 전쟁? 무슨 착각을 하시는 건지 모르겠지만, 교주 예하는 그런 만행을 바라지 않습니다. 어차피 의미 없는 짓이기도 하고요.”

“의미가 없다뇨?”

삼대공파에 대한 교주련 측의 공격이 아니라는 뜻인가?

그렇다면 어째서 중앙 연구소를 습격하고 있는 것일까.

“그게 무슨 뜻이죠……?”

“당신은 싸움보다 떠드는 걸 좋아하시나 보군요?”

이런 말을 들으면 잉그리스가 돌려줄 대답은 하나뿐이었다.

“아뇨! 싸우죠! 잘 부탁드립니다!”

“좋아요……! 타아아아아앗!”

맹렬하게 엄습해 오는 할버드의 연속 공격.

“고맙습니다! 하아아아아아아압!”

잉그리스도 그에 맞춰 빙룡검을 휘둘렀다.

콰과과과과과과과!

고속으로 맞부딪치는 두 사람의 무기가 사방으로 강렬한 여파를 발생시켰다.

검을 휘두르는 속도는 잉그리스가 약간 더 앞섰지만 무기의 강도는 상대방 쪽이 위였다.

할버드를 막아낼 때마다 빙룡검이 조금씩 손상되는 것이 보였다.

하지만 두 사람의 대치는 생각보다 빨리 끝나고 말았다.

"……족쇄여!"

상대가 할버드로 지면을 찌른 순간, 잉그리스의 몸에 엄청난 중력이 가해졌다.

"……중력 마법?!"

범위 기술이라는 점만 다를 뿐, 잉그리스가 수행을 위해 사용하던 마법과 동일했다.

당연한 이야기지만, 지금 잉그리스는 평소의 중력 마법을 해제하고 있었다.

용마법은 마법과 드래곤 로어를 조합한 기술이다.

따라서 빙룡검을 소환한 상태에서는 중력을 적용시킬 수가 없었다.

즉, 잉그리스의 움직임도 기존에 비해 더뎌질 수밖에 없었다.

"오오……! 좋은데요……!"

방금 전 잉그리스가 튕겨냈던 충격파와 이 중력은 전혀 다른 종류의 능력이었다.

에리스와 리플도 특수한 능력을 구사했지만 한 사람당 하나에 불과했다.

반면에 눈앞의 하이랄 메나스는 전혀 다른 두 가지의 힘을 다루고 있었다. 이런 점에서도 차이를 실감할 수밖에 없었다.
게다가 중앙 연구소를 공격했을 때는 광선을 발사하기도 했다. 비록 멀리서 본 광경이기는 하지만 기대해 볼 가치가 있었다.
어쩌면 그 외의 능력이 있을지도 몰랐다.
"순풍!"
휘우우우우웅!
거센 회오리가 상대방의 몸을 휘감았다.
여기서 끝이 아니었다. 회오리 바람은 상대방의 움직임에 연동해 할버드의 속도를 가속시켰다.
본인이 말한 대로 순풍이었다.
이쪽의 몸은 무거워지고, 상대의 움직임은 빨라졌다.
그 결과, 두 사람의 대치는 순식간에 잉그리스에게 불리한 쪽으로 진행되었다.
쨍그랑!
상대가 내려친 할버드를 불편한 자세로 막아낸 순간, 빙룡검이 깨지며 산산조각 났다.
"후후후……! 아주 훌륭해요!"
빙룡검만 사용해서는 불리했다.
하지만 분하지 않았다. 오히려 반가웠다.
강한 상대는 많으면 많을수록 좋으니까.
"웃을 때가 아닌 것 같은데요……?"
싸늘한 표정으로 잉그리스의 미간에 창끝을 들이대는 하이랄 메나스.

"글쎄요? 두고 보면 알겠죠……! 하아아압!"

에테르 셸!

푸르스름한 에테르로 둘러싸인 잉그리스가 할버드를 한 손으로 붙잡아 막아냈다.

"이게 무슨……?! 크윽……!"

하이랄 메나스의 낯빛이 바뀌었다. 하지만 잉그리스는 이미 상대방의 품속으로 파고들어 니킥을 날릴 준비를 마친 상태였다.

까가아아아앙!

이윽고 묵직한 금속음이 울려 퍼졌다.

잉그리스의 니킥이 할버드의 긴 손잡이에 작렬한 것이다.

"크으으으윽……?!"

뒤쪽으로 밀려나는 하이랄 메나스.

상대방의 금속 부츠가 돌바닥에 긴 자국을 남겼다.

"역시……! 당신은 하이랄 메나스들 중에서도 수준이 다르군요!"

방금 전의 니킥만 해도 그랬다.

혈철쇄 여단의 시스티아도 반응하지 못하고 무릎을 꿇은 공격이었다.

하지만 이 상대는 뒤로 밀려나기는 했을지언정 확실하게 막아냈다.

단순하지만 명확한 차이였다.

여태껏 잉그리스는 하이랄 메나스가 다들 비슷한 수준의 실력자라고 생각했지만 오해가 있었던 모양이다. 이자의 실력은 다른 하이랄 메나스들보다 한 수 위였다.

게다가 하이랄 메나스의 진가는 무기화에 있다. 어떤 인물이 사용하느냐에 따라 다르겠지만, 어쩌면 무공 질드그리버에 필적하는 실력을 발휘해 줄지도 몰랐다.

실은 프리즈마에게 승리한 이후로 이보다 강한 상대가 존재할지 걱정이 되던 참이었다. 하지만 아무래도 기우였던 모양이다.

세상은 아직도 수많은 강적들로 넘쳐나고 있었다.

그리고 전운도 감돌고 있었다.

눈앞의 여성은 삼대공파와 교주련의 전쟁은 없을 것이라고 대답했다. 하지만 전쟁을 벌이기 전에는 모두가 똑같은 말을 할 것이다.

원하지는 않았지만 싸울 수밖에 없었다거나, 스스로를 보호하기 위한 싸움이라고 대의명분을 내세우는 것이 전쟁을 시작하기 위한 첫걸음이다.

즉, 충분히 기대해 볼 수 있었다. 주먹이 근질거렸다.

"……저는 하이랄 메나스가 아닙니다……!"

"네? 아니라고요?"

그녀에게서 느껴지는 기운은 틀림없는 하이랄 메나스였다.

"하이랄 메나스는 지상에 파기된 불량품을 칭하는 단어죠! 저는 달라요……! 교주 예하를 지키는 아크로드입니다……!"

"아크로드……? 이벨님과 같은 호칭이군요……."

아크로드라는 말을 들으면 떠오르는 사람은 이벨이었다.

신룡 후페일베인을 기신룡으로 만들어 하이랜드로 데려간 장본인이다.

삼대공파에는 아크로드라는 칭호를 가진 인물이 없으니 교주련 측에 존재하는 지휘 체계일 것이다.

적어도 상당한 고위직임에는 분명했다.

하이랄 메나스들 중에서도 적성과 능력이 뛰어난 자는 지상에 하사되지 않고 하이랜드에 남겨지는 것일까.

방금 대화로 추측건대 상대는 교주 직속의 하이랄 메나스인 듯했다.

그 사실을 자랑스럽게 여긴 나머지 지상에 하사된 하이랄 메나스와는 다르다는 의식이 싹튼 모양이었다.

어쨌든 에리스나 다른 하이랄 메나스가 듣는다면 좋은 표정을 짓지는 않을 것이다.

"……평범한 하이랄 메나스가 아니라는 뜻이군요. 확실히 당신의 힘은 에리스 씨나 다른 하이랄 메나스를 상회하고 있어요. 실례가 되지 않는다면 이름을 여쭤봐도 될까요? 소개가 늦었지만 제 이름은 잉그리스 유크스. 잠시 용건이 있어서 이곳을 방문한 기사 아카데미의 학생입니다."

잉그리스가 정중히 고개를 숙이며 말했다.

"……샤를롯테. 아크로드 샤를로테입니다."

그러자 상대도 퉁명스러운 태도로 대답해 주었다.
이름까지 리제롯테와 닮았다는 생각을 지우기 힘들었다.
"네에에에에에에?! 그, 그럴 수가!"
상대방의 이름을 들은 리제롯테가 세상이 떠나가라 외쳤다. 진심으로 놀란 모양이었다.
"리제롯테……?"
"왜, 왜 그래……?!"
"샤를롯테는……! 샤를롯테는 저희 어머니 이름이에요!"
""뭐어어어?! 어머니라고?!""
확실히 헛소리로 치부하기 힘들 만큼 두 사람은 닮은꼴이었다. 하지만 그렇다고 외관상 부모자식처럼 보이지는 않았다. 기껏해야 자매 정도였다.
하지만 하이랄 메나스가 되면 나이를 먹지 않는다.
설령 나이를 먹는다 하더라도 노화가 굉장히 느리게 진행될 터였다.
"어, 어머니는 제가 철들기 시작할 무렵에 돌아가셨다고……! 그렇게 알고 있었어요! 그런데 설마 하이랜드로 끌려가 하이랄 메나스가 되어버리셨던 건가요……?!"
리제롯테가 철들 무렵에 생이별을 했다면 샤를롯테가 지금처럼 젊은 모습인 것도 납득이 되었다.
에리스와 리플과 비슷하거나 조금 더 연상이라는 느낌이었다.
다른 하이랄 메나스보다 강한 이유는 적성이 높았기 때문일 가능성이 컸다.

윌킨 박사의 말에 따르면 리제롯테도 극단적으로 높은 적성을 보유하고 있었다.

여기에는 핏줄이나 혈연이 관련되어 있을지도 몰랐다.

에리스는 하이랄 메나스가 되기 위해서 까마득한 세월을 보내야 했지만, 리제롯테는 반나절이면 개조할 수 있다고 했다.

즉, 정리하면 이랬다. 샤를롯테는 리제롯테를 낳고 수년 뒤에 하이랄 메나스가 되었으며, 성능이 너무 뛰어난 나머지 지상에 하사되지 않고 아크로드로서 하이랜드에 남겨지게 된 것이다.

본인이나 아르시아 전 재상과 대화를 나눠보기 전까지는 속단할 수 없겠지만.

"조금 전부터 도대체 무슨 소리를 하시는 건가요, 당신들은……?!"

반면 샤를로테는 리제롯테와 같은 반응을 보이지 않았다. 불쾌하다는 듯이 눈썹을 찌푸리고 있을 뿐이었다.

"저기……! 성이 어떻게 되시나요? 아르시아……! 샤를롯테 아르시아 아니신가요?!"

"아르시아……?! 저는 그런 이름 몰라요……!"

"그러면 원래 성과 출신이 어떻게 되시나요?! 하이랄 메나스라고 해도 원래는 인간이잖아요! 부모도 있고 고향도 있을 거예요! 가족은 없으신가요……?!"

"모릅니다……! 저는 아크로드! 그 전의 기억 따윈……!"

“하지만……! 잘 보세요! 저와 그쪽의 얼굴을요……! 남이라고 여기기 힘들 정도로 닮지 않았나요……?!”

잉그리스의 곁으로 날아온 리제롯테는 할버드를 내린 채 천천히 샤를로테에게 다가갔다.

“아무 말씀도 안 하시겠다면 제가 말하겠어요……! 그러니 제 이야기를 들어주세요……!”

“……확실히 당신은 지나칠 정도로 저와 닮았군요. 도저히 우연이라 여겨지지 않을 정도로.”

샤를롯테도 당장은 리제롯테를 공격할 생각이 없는 모양이었다.

샤를롯테가 보기에도 리제롯테가 남 같지 않았던 것이리라.

“괘, 괜찮을까……? 저렇게 무방비하게 다가가도…….”

레오네가 그렇게 말하며 걱정하는 것도 무리는 아니었다.

“……내가 다치지 않도록 지켜보고 있을게. 만약 정말로 리제롯테의 어머니라면 우리가 막을 수는 없잖아. 안 그래?”

잉그리스도 어머니인 세레나가 비슷한 상황에 처했다면 리제롯테와 똑같이 행동했을 것이다. 당연했다.

그리고 그것이 당연한 일이듯 친구로서 도와주는 것 또한 당연했다.

라피니아도 분명 그러라고 했을 것이다.

찰싹!

그때 누군가가 잉그리스의 등을 때렸다. 조금 아팠다.

"맞는 말이야……! 크리스가 웬일로 기특한 소리를 다 하네!"

라피니아였다. 어느새 스타 프린세스호에서 내려 옆으로 다가와 있었다.

"아하하……. 아프잖아, 라니. 그리고 아까도 진지하게 대화했잖아."

일루미너스의 어두운 모습을 보고 침울해진 라피니아를 위로해 주기까지 했건만.

"어쨌든 잉그리스의 말대로야. 지금까지 도움만 잔뜩 받았잖아……! 이번에는 우리가 리제롯테를……!"

"응, 맞아! 저 사람은 분명 리제롯테의 어머니일 거야……! 반드시 되찾아 주자……!"

"이번에도 기사 아카데미의 교관으로 모시면 좋겠다."

"강한 사람이면 누구든 아카데미의 교관으로 들이려는 것 좀 그만둬! 이미 로슈폴 선생님에 아루루 선생님까지 있잖아……!"

다른 일행들이 상황을 지켜보는 가운데, 리제롯테는 샤를롯테에게 말을 걸었다.

"제 이름은 리제롯테 아르시아. 카랄리아 왕국 아르시아 공작가의 외동딸이에요. 카랄리아 왕국은 알고 계시나요?"

"……지상에 존재하는 비교적 커다란 국가죠. 삼대공파에 삼켜진 불쌍한 나라이기도 하고요."

교주련은 카랄리아를 그렇게 인식하고 있는 모양이었다.

샤를롯테 개인의 인식일지도 모르지만.

“카랄리아의 서쪽 해안에 시아로트라는 커다란 마을이 있어요. 하얀 해안이라고 불리는 아름다운 모래사장으로 유명한 관광지예요. 아르시아 공작가는 그 시아로트를 중심으로 수많은 영지를 다스리고 있어요. 저도 시아로트 마을 출신이고요.”

“시아로트…….”

“맞아요! 혹시 알고 계신가요……?!”

“아크로드가 지상의 마을을 알 필요는 없습니다……! 이야기는 그것뿐인가요?!”

“아뇨……! 저희 아버지는 알버트. 알버트 아르시아세요. 저희 아버지는 데릴사위였어요. 선대 아르시아 공작의 따님이었던 어머니와 결혼해 아르시아 공작가를 이어받으셨죠.”

리제롯테가 다급한 어투로 말했다.

“헤에…… 그랬구나.”

“몰랐어.”

다른 일행들도 처음 듣는 이야기였다.

이제 와서 생각해 보면 아르시아 전 재상은 귀족이라기보다는 우수한 공무원 같은 인물이었다.

“그래서 어쨌다는 거죠……?!”

“그, 그러니까…… 제 어머니는 시아로트 출신이셨고…… 저희 어머니의 이름도 샤를롯테셨어요. 제가 철들 무렵에 돌아가셨다고 들었지만, 어머니와 알고 지냈던 분들은 입을 모아 말씀하셨어요. 제가 어머니와 많이 닮았다고요……! 알버트나 리제롯테라는 이름을 들어본 적이 없으신가요……?!"
"몰라요! 모르겠지만, 이상하게도 뭔가……. 으, 으윽……?!"
샤를로트가 머리를 부여잡으며 살짝 비틀거렸다.
그 탓에 들고 있던 할버드가 바닥에 떨어지고 말았다.
"앗……! 괘, 괜찮으신가요……?"
리제롯테가 손을 뻗으려던 그때였다.
멀리서 나타난 누군가가 할버드를 주워 리제롯테에게 힘껏 내던졌다.
"……?!"
싸울 생각이 없었던 리제롯테는 완전히 허를 찔리고 말았다.
샤를롯테의 황금색 할버드가 리제롯테의 가슴을 향해 날아갔다.
범상치 않은 속도였다.
인간을 초월한 완력으로 던지지 않는 한 이런 속도는 나올 수 없었다.
""리제롯테!""
덥석!
하지만 고속으로 내던져진 할버드는 리제롯테의 코앞에서 뚝 멈추었다.
잉그리스가 앞으로 나와 할버드를 잡아낸 것이다.
레오네에게 했던 말대로 확실하게 지켜보고 있었다.
에테르 셸을 유지한 채로 언제든 개입할 수 있도록 대비하고 있었던 것이다.

"잉그리스……!"

"크리스! 잘했어!"

"더, 덕분에 살았어요. 잉그리스……!"

"아냐. 우리가 지켜줄 테니까 리제롯테는 마음이 내킬 때까지 대화를 나누도록 해. 만약 정말로 어머니라면 되찾고 싶다는 생각이 드는 게 당연하니까. 라니와 레오네도 같은 의견이래."

"다들……. 고마워요!"

"그 대신, 무사히 모시고 돌아가면 어머니를 기사 아카데미의 교관으로 추천해 주기다?"

"네? 아, 네……."

"크리스! 은근슬쩍 자신의 요구를 끼워넣지 마……!"

라피니아가 놓치지 않고 잔소리를 했다.

잉그리스는 어흠, 하고 헛기침을 한 다음 새로운 난입자에게 고개를 돌렸다.

"모녀의 오붓한 시간을 방해하다니. 눈치가 없으시네요."

리제롯테가 샤를로테와 대화하는 건 잉그리스에게도 중요한 일이었다. 어쩌면 새로운 교관으로 발탁될지도 모르니까.

그러니 마음대로 방해하게 놔둘 수는 없었다.

"이 거리에서 제 공격을 받아내다니……. 심지어 이런 어린애가……."

할버드를 던진 인물이 눈을 동그랗게 뜨며 말했다. 파란색 머리카락을 묶어 올린 귀여운 소녀였다.

청초한 생김새와, 여성스러운 복장 너머로 드러나는 성숙한 몸매.

가련함과 요염함을 동시에 갖춘 무서우리만치 매력적인 여성이었다.

전신에서 느껴지는 독특한 존재감과 박력은 그녀가 하이랄 메나스임을 나타냈다.

그리고 무엇보다 얼굴이 낯익었다.

"당신은……! 티파니에 씨……?!"

티파니에는 교주련 측의 하이랄 메나스였다.

잉그리스 일행이 알카드로 원정을 나갔을 당시 릭클레어와 주변 지역을 황폐화시켰던 장본인이다.

아크로드인 이벨의 부하였던 모양으로, 알카드에서 작전을 이어받아 활동하고 있다고 했다.

이벨은 카랄리아에 와서 장난으로 국왕의 팔을 잘라냈을 만큼 잔혹한 성격의 소유자였다. 티파니에도 더하면 더했지 못하지는 않은 성격을 지니고 있었다.

티파니에가 수탈했던 릭클레어와 주변 마을의 상황은 처참하기 그지없었다.

게다가 티파니에는 라피니아의 목숨을 노리기까지 했다.

이벨은 라피니아를 공격하려 들지는 않았으므로, 티파니에 쪽의 죄가 훨씬 더 깊었다.

잉그리스는 아직도 그때의 일을 용서하지 않았고, 앞으로도 용서할 생각이 없었다. 절대로.

"당신, 어떻게 제 이름을……?"

"구면이거든요. 지금은 사정이 있어서 어린아이의 모습이 되었지만, 잉그리스 유크스입니다. 오랜만이네요. 그동안 잘 지내셨나요?"

잉그리스가 빙그레 웃으며 정중하게 인사했다.

"……! 그렇군요. 오랜만이에요. 여전히 영문을 알 수 없는 아이네요."

티파니에도 온화하게 미소 지으며 대답했다.

자신에게 패배를 안겨 준 상대에게 아무 일도 없었다는 듯한 저 태도.

속내를 읽기가 힘들었다. 방심할 수 없는 인물이다.

"티파니에 씨도 건강해 보이셔서 다행이네요."

잉그리스와의 전투에서 입은 부상도 완전히 나은 듯 보였다.

그리고 할버드를 냅다 집어 던지는 것만 봐도 정정당당한 성격과는 여전히 거리가 멀다는 사실을 알 수 있었다.

겉모습은 누구보다 청순하면서 내용물은 완전히 딴판이었다.

"그렇지만 인사도 없이 다짜고짜 공격부터 하시다니. 실망이네요."

잉그리스는 기습을 좋아하지 않았다. 모처럼 시작된 싸움이 허무하게 끝나버릴지도 모르니까. 상대방이 전력을 발휘하지 못하게 만드는 위험한 행위다.

편하게 승리해 봤자 아무런 의미도 없었다. 성장할 기회를 발로 차버리는 짓이다.

"맞아, 맞아! 여전히 생긴 것만 귀엽지, 성격은 최악이네!"

"후후……. 아무것도 못 하는 강아지가 짖어봤자 시끄럽기만 할 뿐이에요."

라피니아와 티파니에는 성격적으로 상성이 극악이었다.

정의감이 강하고 따뜻한 눈으로 세상을 바라보는 라피니아와, 목적을 위해서라면 수단을 가리지 않는 티파니에는 존재만으로도 서로의 신경을 건드리는 관계였다.

"뭐라고……?!"

"제가 틀렸나요? 당신은 이 아이의 힘을 빌리지 않으면 허수아비에 불과해요. 분하면 혼자서 제게 맞서보시던가요? 우후후."

꽃처럼 우아한 미소로 라피니아를 도발하는 티파니에.

"빌린 거 아니거든! 크리스 건 내 거고, 내 건 크리스 거야! 앞으로도 계속 함께할 거니까 아무런 문제 없네요!"

"라니 말이 맞아요. 적절한 비판은 아니네요."

"들었지? 메롱이다!"

애들처럼 혀를 내미는 라피니아.

본인은 진지하게 화를 내고 있겠지만 잉그리스의 눈에는 오히려 귀여워 보일 뿐이었다.

그리고 티파니에에게 불만이 있는 것은 라피니아만이 아닌 모

양이었다.
“이게 무슨 짓이죠……?! 도와달라고 부탁한 적은 없을 텐데요……?!”
샤를롯테가 티파니에를 노려보았다.
동시에 잉그리스가 움켜쥐고 있던 할버드가 소멸하더니 샤를롯테의 손아귀에 재출현했다.
공간 이동으로 무기를 회수한 것이다.
샤를롯테는 실로 다양한 종류의 능력을 익히고 있었다.
사실 할버드를 가지고 돌아가고 싶었던 잉그리스는 아쉬움을 느꼈다.
“그건 이쪽이 할 말인데요? 저는 적을 앞에 두고 꾸물거리는 당신을 도와드렸을 뿐인걸요.”
티파니에는 시치미를 떼듯 고개를 갸웃했다.
“쓸데없는 참견이에요……! 지상에 버려진 실패작의 도움 따위 필요하지 않습니다.”
“제가 실례했네요. 그러면 완전한 당신의 힘으로 어서 그 아이들을 처리해 주시겠어요? 저희는 놀러 온 게 아니거든요.”
“……이 아이는 저희 임무와 무관해요.”
“어라? 본인을 닮아서 죽이지 못하겠다는 건가요? 어째서죠?”
“그걸 알면 고생할 일도 없겠죠. 어째서 저는 이 아이를…….”
벌레 씹은 표정을 짓는 샤를롯테에게 티파니에는 보란 듯이 한숨을 내쉬었다.

"자신의 마음이 어떤지도 모르다니. 교주님께서는 이런 자를 신뢰하셔도 괜찮은 걸까요? 이게 성공작인지 실패작인지……."

샤를롯테와 티파니에는 사이가 나빠 보였다.

하이랄 메나스를 둘이나 거느리는 인간이 있다니. 그야말로 꿈에 그리던 강적이었다. 하지만 하이랄 메나스의 사이가 저렇게 나쁘면 조금 걱정이었다. 연계가 제대로 이뤄지기 힘들 테니까.

잉그리스는 타인의 힘을 빌리지 않고 혼자서 싸우고 싶었다.

하지만 상대는 굳이 그럴 필요가 없었다. 여럿이서 덤비면 오히려 대환영이었다.

하이랄 메나스를 뛰어넘는 하이랄 메나스인 샤를롯테와, 하이랄 메나스치고는 드물게도 수단을 가리지 않는 교활한 성격의 티파니에.

상당히 두근거리는 조합이었다.

"그러면 리제롯테에 관한 건 잠시 뒤로 미루고, 우선은 저하고 싸우지 않으실래요? 굳이 망설일 이유도 없잖아요."

"제가 왜 그래야 하죠?"

"대화를 끊지 말아주시겠어요?"

잉그리스의 제안을 무시하는 두 사람. 이 점에서만큼은 의견이 일치하는 모양이었다.

"거절당했다……?! 저는 적이잖아요! 적이 있으면 싸워야죠!"

"저희는 적과 싸우기 위해서 이곳에 온 게 아니에요."

"그럼 왜……? 중앙 연구소를 공격한 건 어째서죠? 게다가 방금까지는 싸워주셨잖아요……!"

즐거워지려던 차에 찬물을 끼얹는 기분이었다.

"곧 알게 될 거예요. 얌전히 보고 있어요."

"티파니에. 당신이 이곳에 나타난 걸 보니 준비가 끝난 모양이군요?"

샤를로테는 티파니에가 움직이는 동안에 시간을 벌었다는 뜻인가?

"네. 완벽하게 처리했어요. 앞으로 다섯 정도려나?"

티파니에는 매력적인 미소를 지어 보였다.

"5, 4……."

티파니에가 손가락을 접으며 숫자를 세기 시작했다.

"뭐, 뭐야……?!"

"무슨 일이 일어나는 건가요……?!"

"다들, 단단히 대비해!"

지금으로서 가능한 건 그 정도였다.

"1…… 제로."

그때였다.

콰과과과과과과과과과과과과과광!

"뭐지……?!"

거대한 굉음과 지진이 일루미너스 섬을 덮쳤다.

굉음은 섬의 모든 곳에서 들려왔다. 어찌나 큰지 다른 일행들의 목소리가 들리지 않을 정도였다. 땅을 흔드는 지진도 마찬가지다. 제대로 서 있기도 힘들 지경이었다.

지진과 굉음의 원인은 폭발이었다.

무수한 폭발. 실제로 셀 수 없을 만큼의 폭발과 화염이 일루미너스 섬을 뒤덮고 있었다.

새하얀 도시가 눈 깜짝할 사이에 용광로처럼 붉게 물들어 버렸다.

"라니! 모두 괜찮아……?!"

잉그리스는 엉덩방아를 찧은 라피니아에게 손을 뻗었다.

"이, 이게 뭐야……? 여, 여기는 하이랜드의 중심이잖아. 이, 이런 일이 벌어져도 되는 거야……?"

"어떻게 이렇게 한꺼번에……? 무엇보다 도시가……!"

"마, 만약 도시에 주민들이 남아있었다면 얼마나 큰 피해를 입었을까……?"

순식간에 지옥으로 변모한 눈앞의 광경에 다들 전율을 금치 못했다.

무리도 아니다. 잉그리스도 이번만큼은 놀라고 말았다.

이곳 일루미너스 섬은 카랄리아의 왕도인 카이랄에 필적할 만큼의 규모를 자랑했다. 그런 장소가 일제히 불바다로 뒤덮인 것이다. 눈이 휘둥그레질 정도의 대규모 파괴 행위였다.

""이, 이럴 수가……?! 어떻게 이런 일이……!""

""우, 우리의 일루미너스가……!""

""마, 말도 안 돼……!""

중앙 연구소의 하이랜더들도 아연실색하고 있었다.

"후후후……. 하이랜드를 이렇게 엉망진창으로 파괴해도 된다니, 꽤 멋진 임무네. 자기만큼은 안전하다고 믿고 태평하게 살아가는 녀석들 얼굴에 먹칠을 하는 기분이랄까."

티파니에는 진심으로 기쁜 듯한, 황홀한 표정을 짓고 있었다.

"여러분도 웃는 게 어때요? 저 잘나신 하이랜더님들이 우왕좌왕하고 있잖아요. 어때요, 통쾌하죠?"

"웃으라니……! 이런 광경을 보고 기뻐할 사람이 어디 있어!"

"맞아……! 간과하고 넘어갈 일이 아니야……!"

"어째서……! 어째서 이런 무서운 짓을 벌이시는 건가요?!"

리제롯테가 샤를롯테를 향해 외쳤다.

"……저는 아크로드……! 교주님을 위해서 해야 할 일을 했을 뿐이에요……!"

"샤를롯테 씨. 당신은 교주 연합과 삼대공파가 전쟁을 하지는 않을 거라고 말씀하셨어요. 하지만 저 광경을 보세요. 이런 일을 벌이고도 전쟁이 일어나지 않는다고 장담할 수 있나요?"

"일을 벌인 게 우리였다면…… 그랬겠죠."

"우리는 어디까지나 약간의 도움을 줬을 뿐이거든요."

"네……? 그 말씀은……."

"뭐, 하이랜더를 동정할 필요는 없지 않을까요?"

그때 누군가가 대화에 끼어들었다. 건장한 남성의 목소리였다.

이윽고 나타난 것은 모노클을 착용한 갈색 머리의 청년이었다.
"유바 씨……?!"
"서, 설마……!"
"저분도 적에게 협력을……?!"
라피니아와 레오네, 리제롯테가 유바의 등장에 경악했다.
"유바 씨. 역시 당신도 협력자셨군요."
"어라? 알고 계셨습니까?"
"아뇨. 상황 증거로 추측했을 뿐이에요. 하이랄 메나스분들이 일루미너스 섬에 침입했다면 잠입 수단으로 공중전함을 택했다고 보는 게 가장 합리적이니까요."
"그렇군요……. 혹시나 하는 마음에 말씀드리자면 선내에서 드렸던 말씀은 전부 진심이었습니다. 그래서 한 가지 더 묻고 싶은 게 있습니다만……."
"뭔가요?"
잉그리스가 되묻자 유바는 잉그리스뿐만 아니라 라피니아, 레오네, 리제롯테를 둘러보았다.
"당신들에게 있어 적이란 무엇인가요? 자신의 목숨과 존엄을 위협하는 자들이 아닌가요? 마나 액기스에 관한 이야기는 틀림없는 사실입니다. 이 하이랜드의 주민들은 무고한 사람의 얼굴을 하고 있지만, 실제로는 가장 무서운 자들입니다. 없어지는 편이 세상을 위한 것이라고 생각하지 않습니까? 저는 그렇게 생각합니다. 저도 지상의 인간이니까요."

"그, 그거랑 이건……!"

라피니아의 한마디에 유바의 눈동자가 한층 날카로워졌다.

"다르다는 겁니까? 그건 문제를 회피하는 짓에 불과합니다……! 눈앞에 비치는 광경이 전부가 아닙니다……! 이곳을 내버려 둔다면 지상의 동포들은 계속해서 목숨을 빼앗길 겁니다! 자아도, 존엄도, 형태조차 없는 모습으로……! 이런 상황을 막고 싶지 않으신 겁니까……!"

"으……!"

"그, 그건……!"

"저희도 막고는 싶지만……!"

라피니아와 레오네, 리제롯테는 유바의 일갈에 고개를 숙였다.

"과연……. 당신이 저희한테 그 이야기를 해주신 건 지금의 상황이 도래했을 때 전의를 꺾기 위해서였군요? 꽤나 훌륭한 수인걸요."

라피니아도, 레오네도, 리제롯테도 다들 착하고 선량한 아이들이다.

그런 아이들에게 마나 액기스에 대한 이야기를 해주면 당연히 커다란 충격을 받을 것이다.

그리고 그 충격이 크면 클수록 이 사태를 해결할 의지가 약해질 터였다. 이 사태를 내버려두면 마나 액기스의 제조를 막을 수 있다는 생각이 발목을 잡을 테니까.

틀린 말은 아닐지도 몰라. 그런 생각이 들어버리는 것이다.

결과적으로 유바의 의도대로 모든 계획은 순조롭게 진행되었다.

선악이나 윤리를 잠시 내려놓고 본다면 유바는 상대를 조종하는 데 성공한 셈이었다.

"……사람의 호의를 몰라주는 분이군요. 저는 아무것도 모르는 것을 불행이라 생각해서 가르쳐 드렸을 뿐입니다."

"이런 말씀을 드리면 죄송하지만…… 전부 거짓말이었을 가능성도 있잖아요?"

아니면 이번 사건의 이면에 잉그리스 일행이 모르는 진실이 존재할지도 몰랐다.

마나 액기스에 관한 이야기 자체는 사실이겠지만, 유바가 친절한 마음에 가르쳐 주었다고는 생각하기 힘들었다.

"그렇다면…… 증거를 보여드려야겠군요."

유바가 고개를 돌려 한 장소를 바라보았다.

잉그리스를 기준으로 오른쪽 방향. 대공장과 공중전함의 도크가 있는 곳이었다.

콰과아아아아앙!

거대한 그림자가 건물의 벽을 뚫고 모습을 드러냈다.

"저, 저게 뭐야……?!"

"……거, 거인……?!"

"저, 저런 게 존재했다니……!"

기계룡보다 훨씬 거대했다. 어쩌면 신룡 후페일베인과 맞먹을

지도 몰랐다.
생김새는 완전한 인간형이었다. 레오네의 말대로 거인이라는 말이 어울렸다.
하지만 이상한 건 거대한 몸집뿐만이 아니었다.
우선은 생리적인 혐오감을 유발하는 파란색의 피부.
그리고 머리에는 생물이라면 당연히 있어야 할 것들이 일절 존재하지 않았다. 머리카락은 물론이고 눈, 코, 입, 귀까지.
말하자면 얼굴 없는 거인이었다.
그워어어어어어어어어어……!
도대체 어디서 낸 소리인지는 알 수 없지만, 거인이 커다란 소리로 울부짖었다.
"어, 얼굴 없는 거인……?!"
"마, 맞아……! 대공장에서 나왔어……!"
"어, 어쩐지 기분 나쁘게 생겼네요……!"
"저게 여러분이 지금껏 만났던 갑옷 병사들의 내용물입니다. 안에 남아있던 마나 액기스를 전부 사용하는 바람에 조금 커지고 말았습니다만."
얼굴 없는 거인은 화염으로 휩싸인 대공장에 주먹을 내리쳐 무차별적으로 파괴해 나가기 시작했다.
거인의 속도는 몸집에 걸맞지 않게 상당했다. 주변의 시설들이 눈 깜짝할 사이에 무너져 내렸다.
"보십시오……! 본래의 모습과 존엄을 짓밟힌 채 살해당한 자들의 분노를 보는 것만 같군요……! 멋지지 않습니까?! 아름다움마저 느껴질 정도입니다……!"

"……그뿐만이 아니죠? 당신도 관여했을 거예요. 또 하나의 기척이 느껴지거든요."

"크리스……! 그게 무슨 뜻이야?"

"확실히 저 거인은 마나 액기스가 모여서 만들어진 게 맞지만……. 불사자의 기운도 느껴지고 있거든."

"불사자……? 레오네의 저택을 습격한 녀석들이잖아?! 리제롯테도 습격당했다고 들었어……!"

"뭐……?!"

"저, 저게 그 불사자라고요……?!"

"응. 아마도. 우리가 이전에 봤던 불사자는 시체를 이용해 만들어졌었잖아? 저 거인은 대량의 마나 액기스를 기반으로 만들어진 거야."

"후후후……. 마나 액기스는 인간을 액체화시킨 광기의 액체. 말하자면 시체로 만들어진 주스죠. 그것을 불사자의 재료로 사용하면 어떻게 될지 꼭 실험해 보고 싶었습니다."

일루미너스 섬 전역에서 발생한 폭발에 거인의 난동까지 더해지자, 대공장 일대의 지반이 완전히 붕괴되어 버렸다.

바닥에 커다란 금이 가고, 섬의 일부가 떨어져 나와 바다로 가라앉았다.

이곳은 바다 한복판. 일루미너스의 부력에서 유리되면 평범한 돌덩이에 지나지 않았다.
그 위에 서 있던 거인은 힘껏 뛰어올라 붕괴하는 지면에서 벗어났다.
"대, 대공장이……!"
"바, 바다에 잠기고 있어……!"
"몸집에 비해서 속도가 엄청나……!"
심각한 얼굴로 거인의 행동을 바라보는 일행들.
"와아, 훌륭해. 제법인걸요."
반대로 티파니에는 박수를 치며 웃고 있었다.
마치 어린애의 장기자랑이라도 구경하는 듯한 태도였다.
"예, 티파니에 님. 하이랜드에서도 가장 사악하다고 할 수 있는 소재와, 죽은 자를 모독하는 사악한 능력의 조합. 그 죄의 깊이가 고스란히 힘으로 바뀌었군요……. 나쁘지 않은 성능입니다."
유바도 모노클을 매만지며 부드러운 미소를 짓고 있었다.
잉그리스 일행과 대화할 때와 다름없는 태도였다.
"아무래도……. 그 모노클이 마인무구인가 보군요. 상당히 강력한 마인무구로 추측되네요."
무구라고 표현할 수 있는 형태는 아니지만 위장용으로는 괜찮은 선택일지도 몰랐다.
아마도 카랄리아가 소유한 드래곤 팽, 드래곤 클로와 같은 최상급 마인무구일 것이다.
두 무기의 특징은 신룡 후페일베인에 버금가는 강대한 용의 이빨과 손톱을 재료로 사용했다는 점이다. 그 재료들이 일반적인 마인무구를 뛰어넘게 해주는 힘의 원천이었다.

따라서 이 마인무구에도 능력에 걸맞은 재료가 사용되었을 것이다.

불사자를 만들어내는 능력이라면…… 궁극의 불사왕이라고 일컬어지는 리치의 신체 일부가 유력했다.

하지만 잉그리스가 아는 리치는 하나밖에 존재하지 않았다.

신룡처럼 여러 개체가 존재하지는 않을 것이다.

그리고 리치는 전생의 잉그리스 왕에 의해 봉인당했다.

신룡 후페일베인과 마찬가지로 당시에는 쓰러트리기에 역부족이었기 때문이다. 고생해서 봉인한 마물을 멋대로 끄집어내 사용하다니.

신체 일부를 잘라내 마인무구로 가공했으니 아마도 해치우기는 했겠지만.

사실, 신들이 만들어 낸 틈새의 석문이 글레이프릴 석관이라는 이름으로 이용되고 있던 것을 생각하면 지상의 왕이 봉인한 마물 정도는 그렇게 대단한 것도 아니었다.

"안목이 탁월하시군요. 역시 프리즈마를 쓰러트린 호걸이십니다. 잉그리스 유크스 님."

잉그리스는 유바에게 프리즈마를 쓰러트렸다는 말을 한 적이 없었다.

즉, 유바는 처음부터 알고 있었다는 뜻이다.

그리고 불사자를 다루는 마인무구까지. 슬슬 유바의 정체도 감이 잡혔다.

일루미너스로 떠나기 전 로슈폴과 아루루에게 들은 이야기가 도움이 되었다.

"……유바 아젤스탄은 진짜 이름이 아니시죠?"

잉그리스가 묻자, 라피니아가 화들짝 놀라서 외쳤다.

"어?! 아니었어……?! 그러면 누군데……?!"

"떠올려 봐, 라니. 이곳에 오기 전에 로슈폴 선생님과 아루루 선생님이 말했잖아. 베네픽에는 불사자를 만들어내는 마인무구를 소유한 장군이 있다고. 이름이…… 맥웰 장군이었지."

"아……! 부, 분명히 말했어! 하지만 로슈폴 선생님은 나쁜 성격이 얼굴에 고스란히 드러나 있다고 했었는데……?"

"……틀린 말은 아닌데 너무 추상적인 설명이었네."

좀 더 자세하게 물어볼 걸 그랬다.

"후후후……. 인식의 차이 아닐까요. 나라를 배신하고 카랄리아로 넘어간 장군과, 변함없이 충성을 맹세하고 있는 저. 어느 쪽의 성격이 나쁜 걸까요?"

"레오네와 리제롯테는 당신이 조종하는 불사자에게 습격당했으니 괜찮은 승부가 되지 않을까요?"

"하하하. 가차 없군요."

"역시 유바 씨는 존재하지 않는 인물이고, 진짜 정체는 맥웰 장군이었던 거네……!"

그러자 유바, 아니, 맥웰 장군이 할 말이 있다는 듯 손을 들었다.

"맞습니다. 제 이름은 맥웰 록웰. 베네픽 황제 폐하를 섬기는 장군이죠. 하지만 한 가지 정정해 드리고 싶군요. 유바 아젤스탄은 실재하는 인물입니다. 아젤스탄 상회도 말이죠. 이번에 하이랄 메나스분들과 작전을 수행하면서 아젤스탄 상회를 접수했습니다. 순순히 따르지 않았기에 거친 방법을 써야 했지만 말이죠……."

"……! 죽이고 빼앗은 건가요?!"

라피니아가 눈썹을 찌푸렸다.

"하하하. 설마요. 팔팔하게 움직이고 계시잖아요. 저기 저렇게……."

맥웰은 멀리서 날뛰고 있는 거인을 가리키며 말했다.

"네……?! 그럼……! 공중전함에 타고 있었던 사람들이……!"

레오네의 말에 맥웰이 고개를 끄덕였다.

"맞습니다. 의견이 다르다고 숙청하는 건 야만스러운 짓이죠. 저들은 앞으로 저희 베네픽을 지키는 방패가 되어줄 겁니다. 나라를 위하는 마음은 저들도 같으니까요……. 함께 힘을 합쳐 조국을 수호하다니. 아름다운 일이라고 생각하지 않으십니까?"

"도대체 어디가……! 사람을 저런 모습으로 만들어서 마음대로 조종하다니! 죽이는 것보다 질이 나빠요……! 어째서 이렇게 지독한 짓을……!"

"저들을 마나 액기스로 만든 건 일루미너스 섬의 하이랜더분들입니다. 저를 규탄하고 악으로 몰기 전에 먼저 이분들한테 따져야 하지 않을까요?"

"하지만……! 당신도 똑같아요……! 다 알고 있었으면서 왜 이런 짓을 저지른 건가요?!"

"알고 있기 때문입니다. 악을 뿌리 뽑기 위해서. 제가 하는 짓이 저들과 다를 것 없다는 것도 잘 압니다. 하지만 무력한 저희 지상인들에게 수단을 고를 여유는 없지요. 이독제독이라고나 할까요……. 저들을 최후의 마나 액기스로 삼겠다는 각오로 저는 저것을 만들었습니다. 아까도 말씀드렸지만, 일루미너스의 붕괴만이 마나 액기스로 희생당할 지상의 동포들을 구하는 길입니다. 악마의 기술을 바다의 먼지로 만들어 버리는 겁니다. 당신은 이것을 지독한 짓이라고 말씀하시는 겁니까?"

"그렇지 않아요……! 그렇지 않지만……!"

"적당히 하십시오!"

맥웰 장군의 일갈에 라피니아는 움찔하며 움츠러들었다.

"아무것도 하지 않으면서 실제로 행동하는 사람을 비난하다니. 아무런 책임도 지지 않는 어린애들과 뭐가 다릅니까……! 당신은 카랄리아의 미래를 짊어질 상급 기사 후보생일 텐데요……! 제게 불만이 있다면 당신도 행동을 보이십시오! 훌륭한 지휘로 일루미너스의 붕괴를 막아보시던가요! 그러지 못하겠다면 잠자코 이곳을 떠나십시오! 눈앞에서 비극이 벌어지지 않으면 당신들은 그걸로 만족하겠죠! 결과라면 제가 만들어 드릴 테니……!"

"으으……! 하지만, 그래도……!"

라피니아는 그 이상 아무 말도 하지 못한 채 고개를 숙였다.

라피니아의 두 눈에는 당장이라도 흘러넘칠 것처럼 눈물이 고여 있었다.

라피니아와 맥웰 장군의 상성은 티파니에와 다른 의미로 최악인 듯했다.

잉그리스도 맥웰 장군의 행동을 현실적이라고 평가할 의향이 있었다.

의향은 있지만…….

"그러면 행동으로 보이도록 할까요."

잉그리스는 빙그레 웃으며 얼굴 없는 거인에게 손바닥을 내밀었다.

에테르 스트라이크!

쿠고오오오오오오오오!

에테르로 이루어진 광탄이 거인을 향해 빠른 속도로 날아갔다.

"헉……?! 피, 피해라아아아!"

맥웰 장군이 모노클을 만지며 외쳤다. 하지만 거인은 피하지 못했다.

광탄에 명중당한 거인은 바닥을 뒹굴면서 날아가기 시작했다.

"큭……! 벌어져라!"

맥웰 장군의 의도가 전달됐는지 거인의 흉부가 파이며 커다란 구멍이 생겨났다.

에테르 스트라이크가 착탄한 장소였다.

결국 에테르 스트라이크는 구멍을 빠져나가 바다 저편으로 사라져 버렸다.

"오오……?! 재주가 좋으시네요! 원래 소재가 액체라서 자유자재로 변형할 수 있는가 보군요……."

"무슨 짓입니까……! 당신이 무슨 짓을 저질렀는지 알고는 있습니까……?!"

맥웰이 분노한 얼굴로 잉그리스에게 외쳤다.

"행동으로 보이라고 하셔서 그렇게 했을 뿐인데요?"

잉그리스가 부드럽게 웃으며 대답했다.

"적어도 생각은 하고 움직여야죠……! 저걸 쓰러트리면 일루미너스를 막을 방법이 없어진단 말입니다! 제 이야기를 듣기는 한 겁니까……?! 저걸 쓰러트린다는 건 마나 액기스의 희생자가 계속 늘어난다는 뜻입니다! 당신이 저지른 건 행동이 아니라 만행입니다……!"

"꼭 그렇지만도 않은 것 같은데요?"

"예? 그게 무슨 뜻이죠……?"

"저 거인에게서 일루미너스를 구해주면 이곳에 빚을 만드는 셈이잖아요? 그걸로 마나 액기스를 사용하지 말라고 교섭하는 것도 괜찮겠다 싶어서요. 거대한 마석수에 필적하는 적이니 충분한 사례를 받을 수 있지 않을까요?"

"……! 저희의 계획을 역으로 이용하겠다는 겁니까……?"

"맞아요. 수단을 고를 여유는 없으니까요. 이독제독인 셈이죠. 행동으로 보이는 것이기도 하고요. ……그렇지, 라니?"

"으, 응……! 그렇게 하자, 크리스! 역시 크리스는 머리가 좋다니까……! 레오네랑 리제롯테도 괜찮지?!"

"응……! 그렇게 하자!"

"저도 찬성이에요!"

"……들으신 대로예요. 거인과 싸우도록 하습니다."

이렇게 되면 잉그리스도 강해보이는 상대와 붙어볼 수 있었다.

샤를롯테와 티파니에, 그리고 맥웰의 얼굴 없는 거인까지.

"후후후……. 무서운 분이시군요. 프리즈마를 쓰러트린 호걸은 머리까지 비상하다 이거군요. 하지만 저희를 마석수같이 대의도 신념도 없는 파괴자와 동일시할 줄이야. 실망입니다."

"대의와 신념 같은 건 나중에 얼마든지 만들어낼 수 있어요. 뭐, 본인의 지침으로 삼을 수는 있겠지만, 타인의 공감까지 바라는 건 너무 뻔뻔한 태도 아닐까요?"

"닥치세요! 이 망할 꼬맹이가!"

맥웰이 버럭 화를 냈다.

하지만 라피니아와 다른 동료들에게 매일 듣던 말이므로 별 타격은 없었다.

잉그리스는 마음속으로 메롱을 외치며 대답했다.

"실제로는 16세라고 말씀드렸을 텐데요?"

"그래도 마찬가지입니다! 당신한테는 아무런 대의도 신념도 없다는 겁니까……?!"

"네, 없어요!"

라피니아를 지키면서 극한의 무를 추구하는 것. 그것뿐이었다.

"……! 후후후, 솔직하게 이야기할 생각이 없으십니까. 결국에는 속내를 숨기다니. 교활한 사람이군요."

"솔직하게 말씀드린 건데……."

하긴, 그 말을 어떻게 해석하든 그건 본인 자유였다.

"평소에 이상한 말만 하니까 그렇지. 크리스가 평범하게 말하면 오히려 이상해 보인다고. 하아…… 갑자기 부끄러워졌어."

라피니아가 한숨을 푹 내쉬며 말했다.

"너무해. 그래도 기운을 차렸네, 라니."

"응……! 행동으로 보여줄래! 나는 머리가 나쁘니까!"

"그건 그것대로 문제가 있다고 보는데……. 어쨌든, 빌마 씨. 나중에 중개를 부탁드려도 될까요?"

잉그리스가 뒤쪽으로 고개를 돌리며 외쳤다.

빌마의 기척을 느꼈기 때문이다.

"아……! 빌마 씨!"

라피니아가 소리쳤다. 라피니아도 빌마의 모습을 확인한 모양이었다.

"미안하다……. 나는 무슨 일이 벌어지고 있는지 알면서도 아무것도 하지 못했다. 아니, 아무것도 하지 않았다…….”

빌마는 이쪽을 제대로 쳐다보지 못하고 고개를 숙이고 있었다.

처음부터 빌마는 잉그리스 일행에게 우호적이지 않은 편이었다. 늘 퉁명스러운 태도로 일관해 왔던 것이다.

어쩌면 그것은 지상의 인간을 경멸해서가 아니라 죄책감에서 비롯된 행동일지도 몰랐다.

“그건 나중에 이야기하기로 해요. 일단은 교섭을 도와주시면 감사하겠어요.”

“그래, 물론이다……! 기공님과 윌킨 박사…… 아니, 아버지께도 언질을 드리겠다! 이만한 사건이 발생했으니 반드시 들어주실 테지……!”

빌마가 고개를 끄덕였다.

“다행이다……! 일루미너스에 사는 사람이라고 다 나쁜 건 아니었어……! 이렇게 알아주는 사람이 있잖아! 마이스도 대화를 나누면 분명 찬성해 줄 거야……!”

“빌마 씨, 주민들의 구조와 소방이 시급해요. 그쪽을 부탁드려도 될까요?”

“내게 맡겨라. 기계룡들을 움직이지……! 기계룡 전기! 도시의 화재를 진압하라!”

빌마의 갑옷에 새겨진 문양이 빛을 발했다. 그러자 이에 호응하듯 바다에 가라앉은 대공장에서 기계룡들이 날아올랐다.

섬으로 올라온 기계룡들은 입에서 대량의 물을 내뿜어 불길에 뒤덮인 일루미너스 섬을 진화해 나가기 시작했다.

저 물은 바닷물인 걸까. 기계룡을 바다에 잠수시켜 바닷물을 저장해 두었떤 걸지도 몰랐다.

어쨌든 이쪽은 기계룡들에게 맡기기로 했다.

이제 남은 건 마음껏 싸우는 것뿐이었다.

"교섭이라……. 이쪽의 상층부, 윌킨 박사였던가? 무리일 거야. 우후후."

하지만 티파니에는 찬물을 끼얹듯 미소 짓고 있었다.

"해보지 않으면 모르는 거잖아! 그런 식으로 포기하게 만들려고 해도 소용없거든……?!"

"친절한 마음으로 가르쳐 줬는데 너무하네요. 뭐, 금방 알게 될 테지만요."

확신이 서린 여유였다.

"뭐라는 건지……!"

바로 그때, 어딘가에서 소년의 태평한 목소리가 들려왔다.

"어라라? 생각했던 것보다 소란스럽네."

두 가지 색의 머리카락과, 곱상한 소년의 생김새. 그리고 온화한 표정. 윌킨 박사였다.

"윌킨 박사님……?!"

"아버지……! 여기는 위험합니다. 어서 피난을……!"

"괜찮아~. 그럴 필요 없어, 빌마."

윌킨 박사는 싱글벙글 웃으며 고개를 가로저었다.

"예? 그게 무슨……."

빌마가 고개를 갸웃하는 가운데…….

샤를롯테와 티파니에, 맥웰이 한쪽 무릎을 꿇으며 말했다.

""모시러 왔습니다. 윌킨 박사님.""

기사 아카데미. 교정.

"앞으로 60초 남았어요! 중력 부하 상승! 힘내세요~!"

밀리에라 교장이 밝게 웃으며 외쳤다.

원형 투기장에서 학생들이 스톤 골렘과 술래잡기를 벌이고 있었다.

"다들 힘내라! 우리 봉마 기사단은 내일 알카드로 출발할 예정이다! 훈련에도 만전을 기해야 해!"

실바가 아직 살아남은 학생들을 격려했다.

이미 몇 번이나 반복해 왔던 훈련이었다. 그리고 실바는 매번 마지막까지 살아남았다.

하지만 자신만 강해진다고 되는 게 아니었다.

특급 마인을 보유한 실바는 학생들을 통솔할 인물로 기대받고 있었다.

물론, 이번 알카드행은 실전보다는 정치적인 의미가 강했다. 위험과는 거리가 멀었다.

하지만 그래도 무슨 일이 발생할지 몰랐다. 준비는 철저히 해둬야 했다.

"맞아요. 그리고 마지막에 남은 사람은 개인실에서 지내실 수 있잖아요~."

밀리에라 교장이 싱글벙글 웃으며 말했다.

"매번 느끼지만, 너무 힘들어……! 이 훈련……!"
"내일 알카드로 출발하는데 오늘은 좀 쉬지……!"
"거기! 방심하면 뒤처질 거다!"
"아, 알겠습니다……!"
"죄송해요, 실바 선배!"
"유아! 자기 차례가 끝났다고 자면 어떡해!"
"흐암?"
실바는 훈련을 마치고 꾸벅꾸벅 졸고 있는 유아에게 주의를 주는 것도 잊지 않았다.
"다른 학생들한테 살아남는 요령이라도 가르쳐 줘!"
"…………때려서 부수면 돼. 이상."
"저걸 어떻게 부숴!"
"우리는 유아가 아니라고!"
"애초에 부수면 어떡해!"
하지만 유아는 전부 무시하고 다시 꾸벅꾸벅 졸기 시작했다.
"규격외의 존재가 잉그리스만 있는 건 아니군."
"그, 그러게요……. 수업 중에는 졸면 안 되는데."
로슈폴의 말에 아루루가 쓴웃음을 지었다.
두 사람은 신임 교관이었기에 이렇게 훈련에 입회하는 것도 업무 중 하나였다.
"그렇다면 깨워줘야겠지? 아루루."
상냥한 성격을 지닌 아루루는 남을 혼내거나 주의를 주는 데

서툴렀다.

수업 중에 당당하게 졸고 있는 학생을 혼내는 것도 하나의 연습이었다.

"부탁드립니다, 아루루 선생님. 아루루 선생님이 단단히 혼내주시면 유아도 반성할 겁니다."

"아, 알겠어요……."

고개를 끄덕인 아루루는 유아의 어깨를 두드리려 했다. 그런데 그때.

번쩍! 하고 유아의 눈이 뜨였다.

"어라, 유아 양. 일어나 있었…… 앗! 어디 가시는 건가요?!"

유아는 등을 홱 돌리더니 달려가 버렸다.

유아가 향한 곳에는 두 명의 방문객이 있었다.

한 명은 아루루와 같은 수인종 하이랄 메나스, 리플이었다.

"리플! 그리고……."

다른 한 명은 특급 마인을 보유한 흑발의 청년.

성기사 라파엘이었다.

유아는 라파엘에게 종종걸음으로 달려가 꾸벅 인사를 건넸다.

"안녕하세요. 꽃미남 오빠."

"그, 그래……. 반가워, 유아."

쓴웃음을 지으며 대답하는 라파엘.

"동물귀 어르신도 안녕하세요."

"응. 반가워, 유아. 라파엘한테도 엄청난 별명이 붙었구나."

"하하하……."

라파엘은 온화한 표정을 짓고 있었지만, 아루루의 표정은 그렇지 못했다. 여전히 죄책감을 느끼고 있었던 것이다.

라파엘과 얼굴을 맞대는 것은 국경에서의 전투 이후 처음이었다. 그때의 일을 정식으로 사과해야 했다.

"어라. 라파엘 씨, 리플 씨. 웨인 왕자님이나 세오도어 씨한테서 지령이 내려왔나요?"

"아뇨. 그런 건 아니고……."

"학생들하고 같이 훈련을 받아볼까 해서~."

"정말인가요! 고맙습니다! 리플 님, 라파엘 님!"

"응, 실바 군. 나 혼자서 상대하려니 피곤해서 말야."

"자세히 설명해 주실래요, 리플 씨?"

"실은 최근에 라파엘이 훈련에 열심이거든. 나도 최대한 어울려 주고는 있는데, 갑자기 훈련의 강도를 몇 배는 더 올리고 싶다길래……."

"이대로 크리스한테만 의지할 수는 없으니까요. 저희도 마음을 다잡고 더욱 강해져야 합니다……."

"말은 저렇게 하는데, 잉그리스가 자기한테 이긴 사람과 맞선을 한다는 이야기를 듣고 초조해진 걸걸? 하이랜더인 삼대공의 마음에 들었다던데."

"리, 리플 님……!"

"그렇네요. 잉그리스 양이 시집을 가면 조금은 얌전해지지 않을까요? 라파엘 씨가 분발해 주셔야겠어요."

밀리에라 교장이 싱글벙글 웃으며 말했다.

"맞아. 여기서 훈련을 받아도 될까? 밀리에라."

"네, 얼마든지요. 저희도 환영이에요."

"크크큭……. 반한 여자를 위해서 실력을 갈고닦는다라. 나쁘지 않은걸. 성기사인지 뭔지는 모르겠지만, 남자라면 자고로 그래야지. 안 그래?"

"말씀 감사합니다."

라파엘과 로슈폴 사이에 긴장감이 감돌았다.

무리도 아니었다.

두 사람이 이전에 얼굴을 마주했던 곳은 전장.

목숨을 걸고 검을 나눈 사이인 것이다.

"저, 저기……! 그때는 제가……!"

아루루가 두 사람의 대화에 끼어들려 하자 로슈폴이 그녀를 제지했다.

"이런, 그 전에 해야 할 말이 있었지. 잠깐 실례."

그렇게 말한 뒤, 로슈폴은 라파엘 앞으로 한 걸음 나아갔다.

그러고는 바닥에 무릎을 꿇고 앉아 머리를 숙였다.

"이전에는 민폐를 끼쳤다. 미안하다."

"저, 저도……! 죄송했습니다……!"

아루루도 로슈폴 옆에 무릎을 꿇고 앉아 머리를 숙였다.

"…………."

"라파엘 씨. 지금은 로슈폴 선생님도, 아루루 선생님도 성실하게 학생들을 가르치고 계세요……."

"응응. 여차할 때를 위해서라도 동료는 많은 편이 좋잖아. 물론 아루루가 무기화해서 습격해 왔을 때는 당황했지만. 괜찮아. 두 사람 모두 나쁜 사람은 아니야."

밀리에라 교장과 리플의 말을 들은 라파엘은 후우, 하고 한숨을 내쉬었다.

"알겠습니다. 사정은 전해 들었습니다. 저 혼자서 얽매여 있어봤자 소용없겠죠……. 게다가 당신의 드래곤 클로와 제 드래곤 팽은 쌍벽을 이루는 마인무구. 훈련 상대로는 제격이네요. 상대해 주시겠습니까, 로슈폴 님."

"이거 원. 여기에 오고 나서부터는 훈련 상대로 불려다니기 바쁘구만. 훈련병 시절로 돌아간 기분이야. 뭐, 몸과 마음을 단련하기에는 좋은 기회겠지."

로슈폴이 어깨를 으쓱이며 말했다.

"그러면 여러분, 잠시 휴식하면서 라파엘 씨와 로슈폴 선생님의 대련을 견학해 볼까요? 좋은 공부가 될 거예요."

"""드, 드디어 쉴 수 있어……!"""

"""더, 덕분에 살았다! 후우우……!"""

라파엘과 로슈폴이 원형 투기장으로 올라가는 사이, 학생들은 앉아서 휴식을 취하기 시작했다.

"다들, 쉬고만 있으면 안 된다! 라파엘 님의 전투를 잘 지켜보고 자신의 양분으로 삼는 거다! 자, 유아를 보고 배워라! 웬일로 의욕이 넘치잖나!"

유아는 어느새 원형 경기장 가까운 곳에 자리를 잡고 있었다.

"꽃미남으로 눈 보신을 해야 돼……. 내일부터는 다시 고생해야 되니까."

잡아먹을 듯이 라파엘을 쳐다보는 유아. 다만 유아의 눈동자에서는 여느 때처럼 감정이라고 할만한 것이 느껴지지 않았다.

"하하하. 너무 가까이 다가가면 다칠지도 몰라."

"괜찮아. 날아오면 내가 받을 거야. 올 테면 와라."

"미안하지만 유아, 그럴 일은 없을 거야. 같은 마인무구를 상대로 질 수는 없거든."

라파엘이 드래곤 팽을 뽑았다. 붉은 도신에서 날카로운 빛이 흘러나왔다.

"후후후. 그 말은 내가 불리하다는 뜻인가? 내가 날아가면 받아줘라."

"싫어."

유아는 고개를 절레절레 내저었다.

"나 원. 학생한테 인기가 많아서 부럽구만."

"그, 그런가요……."

"로스는 제가 받을 테니 훈련에 집중해 주세요!"

"알았어, 아루루. 물론 그럴 생각이야."

로슈폴도 드래곤 클로를 뽑아 들었다. 푸른 도신이 아름답게 빛나고 있었다.

"봐주길 원하는 건 아니겠지? 그렇다면 처음부터 전력으로 간다……!"

로슈폴은 눈앞에 검을 세우고 의식을 집중시켰다.

그워어어어어어!

용의 포효와 함께 파란색의 갑옷과 날개가 로슈폴의 몸을 뒤덮었다.

"……! 레온 씨조차 포기했던 힘을 벌써부터 자유자재로 다루다니……!"

"놀라지 말고 기뻐해 줬으면 좋겠군. 너한테도 잘된 일 아닌가?"

"예, 고맙습니다! 그러면 저도!"

그워어어어어어!

라파엘의 몸도 붉은 갑옷에 둘러싸였다.

"시작해 볼까요……!"

"그래, 시작하지……!"

라파엘과 로슈폴이 동시에 뛰쳐나가 중간 지점에서 격돌했다.

이는 두 사람이 돌진하는 속도가 거의 같다는 뜻이었다.

그리고 두 사람이 휘두른 검의 위력도.

채애애애애애앵!

날카로운 소리와 함께 붉은색의 검과 파란색의 검이 맞부딪쳤다.

“어때! 이 정도면 훈련 상대로는 제격인가?!”
“부족함이 없군요……!”
붉은 빛으로 변한 라파엘과 푸른 빛으로 변한 로슈폴이 하늘을 종횡무진 누비기 시작했다.
두 가지의 빛이 교차한 순간, 귀를 찢는 듯한 금속음이 울려 퍼졌다.
“”오오오오……?!“”
“”괴, 굉장해……!“”
“다들 집중해서 봐라! 저게 우리가 목표로 하는 싸움이다!”
“”뭐가 뭔지 모르겠어요!“”
“어떻게든 보려고 노력해라! 유아를 본받아! 웬일로 진지하게 싸움을 견학하고 있다!”
“이쪽일까. 저쪽일까. 꽃미남이 떨어지면 얼른 받아야지…….”
“유아는 완전히 딴생각 중인 것 같은데…….”
리플이 쓴웃음을 지었다.
잠시 후, 원형 경기장으로 돌아온 두 사람. 그리고 두 사람은 약속이라도 한 듯 모든 힘을 끌어모아 맞부딪쳤다.
“크으으으윽?!”
“우오오오오오! 이대로라면……!”
약간이지만 라파엘이 우세를 점하고 있었다.
로슈폴은 뒤로 한 걸음 물러나면서 다리에 힘을 주었다.
“”끄으으으으윽……!“”

두 사람의 힘 겨루기가 정점에 달한 순간, 붉은 빛과 파란 빛이 하나로 뒤섞여 커다랗게 부풀어 올랐다.

"뭣……?!"

"뭐지, 이건……?!"

팽창한 빛이 라파엘과 로슈폴을 뒤쪽으로 튕겨 보냈다.

""우와아아앗!""

날아가는 라파엘을 뒤쫓는 그림자.

"영차. 기다렸습니다."

유아가 튕겨져 나온 라파엘을 덥석 받아냈다.

하지만 유아는 라파엘을 끌어안고 놔주지 않았다.

"유, 유아 양……. 도와줘서 고마워. 그런데…… 이제 그만 놔주면 안 될까……?"

한편 로슈폴은 약속대로 아루루가 받아내 주었다.

"로스……! 괜찮으세요?"

"그래, 괜찮아. 미안하군."

"그나저나…… 방금 그건 뭐였나요? 두 개의 마인무구가 한데 섞여서 폭발한 듯한?"

"글쎄……. 나도 잘은 모르겠지만 결론은 정해졌어."

자리에서 일어난 로슈폴은 라파엘에게 다가가 드래곤 클로를 내밀었다.

"나하고 치고받아 봤자 그 애를 따라잡기는 어려울 거다. 폭주인지 뭔지는 모르겠지만…… 이 힘을 자유자재로 다루는 방법밖에 없겠지."

"……그렇군요. 드래곤 팽과 드래곤 클로를 동시에 사용해서 지금의 현상을 의도적으로 제어할 수 있다면……."

"국왕 폐하께 하사받은 물건을 마음대로 양도할 수는 없지만, 훈련에 빌려주는 정도는 괜찮겠지. 자, 우리는 내일 알카드로 떠난다. 시간이 없어. 서둘러라."

"예……! 고맙습니다!"

"교장. 나한테 다른 마인무구를 빌려줄 수 있겠나?"

"아, 알겠습니다. 로슈폴 선생님. 잠시만 기다리세요."

"좋았어. 그러면 나도 도와줄게. 충분히 쉬었으니까."

"저도 협력하겠습니다……!"

"라파엘 님! 저도 도와드릴게요!"

리플과 아루루, 실바가 라파엘의 훈련 상대를 자처했다.

"고맙습니다, 여러분……! 들었지, 유아? 이제 슬슬 놔주면 안 될까……?"

"싫어."

유아를 떼어내고 훈련이 재개되기까지는 조금 더 시간이 걸렸다.

후기

먼저, 이 책을 읽어주셔서 진심으로 감사드립니다.

영웅왕, 극한의 무를 위해 전생하다 10권이었습니다. 재미있게 읽으셨기를 바랍니다.

10권! 마침내 두 자리 수에 접어들었군요!

저에게 이건 대단한 일입니다.

라이트 노벨 작가로서 하나의 도달점에 도달했달까, 훈장을 받은 느낌입니다. 10권이라니, 처음 데뷔했던 시절에는 비현실적인 벽으로 느껴졌습니다.

오랫동안 라이트 노벨 작가를 하다 보니 이런 행운도 다 있군요. 정말로 기쁩니다.

이것도 늘 영웅왕을 읽어주시는 독자분들 덕분입니다. 정말로 감사합니다!

최근에는 새로운 설정과 캐릭터가 마구 추가돼서 이걸 어떻게 수습해야 되나 걱정스럽기도 합니다. 하지만 즐거우면 장땡! 이라는 정신으로 집필해 나가고자 합니다.

솔직히 1부(8권까지)까지 집필을 마쳤을 즈음에는 레오네와 리제롯테를 잠시 뒤로 물리고 새로운 캐릭터를 추가해 볼 예정이었습니다.

하지만 애니메이션에서 네 사람이 포즈를 취하는 모습과, 달려가는 장면을 보고 있자니 "아, 이 네 사람은 세트구나."라는 생각이 들었습니다. 그래서 출연을 줄이는 대신 더욱 깊이 파고드는 방향으로 방침을 전환했습니다.

갑작스러운 방향 전환으로 불안정한 요소가 들어갔다는 느낌은 있습니다. 하지만 뒤집어 말하면 그만큼 애니메이션에서 받았던 인상이 강했다는 뜻이겠지요.

돌이켜 생각하면 생각할수록 좋은 경험이었습니다. 고생해 주신 분들께 정말로 감사드립니다.

뭐, 그만큼 애니메이션이 끝났을 때의 쓸쓸함도 컸지만 말이죠.

애니메이션 방영이 끝나면 연필을 내려놓는 작가분의 마음이 이해된달까요…….

아, 하지만 저는 괜찮습니다! 이렇게 후기를 쓰고 있잖아요! 11권도 곧 집필이 시작될 예정이니 잘 부탁드립니다.

자, 마지막으로 담당 편집자 N 님, 일러스트를 담당해 주신 Nagu 님, 그리고 각 관계자분들. 이번에도 발매를 위해 애써주셔서 감사드립니다.

그러면 이쯤에서 물러나도록 하겠습니다.

영웅왕, 극한의 무를 위해 전생하다 ~그리고 세계 최강의 견습 기사가 되다~ 10

2024년 04월 15일 1판 1쇄 발행

저 자 하야켄
일러스트 Nagu
옮 긴 이 마일도
발 행 인 유재옥
이 사 조병권
출판본부장 박광운
편 집 1 팀 최서영
편 집 2 팀 정영길 박치우 정지원 조찬희
편 집 3 팀 오준영 권진영 이소의
디자인랩팀 김보라 박민솔
디지털사업팀 박상섭 김지연 윤희진
라이츠사업팀 김정미 맹미영 이윤서
영업마케팅팀 최원석 박수진 이다은
물 류 팀 허석용 백철기
경영지원팀 최정연
인쇄제작처 ㈜코리아피엔피
발 행 처 ㈜소미미디어
등 록 제2015-000008호
주 소 서울시 마포구 토정로222, 502호 (신수동, 한국출판콘텐츠센터)
판매 및 마케팅 (070) 8822-2301

ISBN 979-11-384-8272-1
ISBN 979-11-6507-980-2 (세트)